소설 보다: 봄 2023

펴낸날	초판 1쇄 2023년 3월 14일
	초판 3쇄 2023년 7월 7일
지은이	강보라 김나현 예소연
펴낸이	이광호
주간	이근혜
편집	윤소진 김필균 이주이 허단 방원경 유하은
마케팅	이가은 허황 맹정현
제작	강병석
펴낸곳	㈜문학과지성사
등록번호	제1993-000098호
주소	04034 서울 마포구 잔다리로7길 18(서교동 377-20)
전화	02)338-7224
팩스	02)323-4180(편집) / 02)338-7221(영업)
대표메일	moonji@moonji.com
저작권 문의	copyright@moonji.com
홈페이지	www.moonji.com

ⓒ 강보라 김나현 예소연, 2023. Printed in Seoul, Korea
ISBN 978-89-320-4133-9 03810

이 책의 판권은 지은이와 ㈜문학과지성사에 있습니다.
양측의 서면 동의 없는 무단 전재 및 복제를 금합니다.

소 설 보 다   봄

2023

차례

강보라

김나현

예소연

뱀과 양배추가 있는 풍경

강보라

2021년『한국일보』신춘문예를 통해 작품 활동을 시작했다.

모두가 공용으로 쓰는 휴게실은 문 없이 마당과 곧장 연결되어 있었다. 포스트잇이 잔뜩 붙은 휴게실 벽을 따라 싸구려 향 냄새가 밴 앉은뱅이 소파들이 늘어서 있었다. 머리 일부를 땋아 색실로 묶거나 팔에 문신을 새긴 여행자들이 거기에 몸을 파묻고 휴대폰을 두드리며 아직 날이 밝긴 하지만 뭔가를 시작하기엔 너무 늦은 오후 나절을 조용히 흘려보내고 있었다. 휴게실 천장에 실로 매달은 코코넛 껍질들—물감으로 눈과 코를 그려 넣고 입 부분을 칼로 네모나게 도려낸—이 바람이 불 때마다 서로 부딪치며 둔탁한 소리를 냈다.

그냥 호텔에 갔어야 했나. 나는 마당 벤치에 기대며 생각했다. 8년 만에 찾은 게스트 하우스는 기억 속 모습과 크게 다르지 않았다. 리셉션 데스크 벽에 걸린 새하얀 캄보자꽃 그림도, 마당 가운데 놓인 기괴하게 큰 코끼리 조각상도 예전 그대로였다. 역시 나이가 문제인 걸까. 나는 자책하듯 속으로 되뇌었다. 전에는 이렇지 않았다. 쉽게 어울리고 쉽게 헤어졌다. 지금처럼 남을 의식할 필요도, 의식하지 않기 위해 애쓸 필요도 없었다.

전날 캐리어를 끌고 숙소에 도착했을 때만 해도 나는 기대에 부풀어 있었다. 현오와 살게 된 후 처음으로 혼자 떠나는 여행이었다. 현오가 옆에 없다는 것. 그것만으로도 작은 모험을 시작하는 기분이 들었다. 현오와의 생활에 큰 불만이 없는 시기였는데도 그랬다.

"그거 리모와예요?"

휴게실에서 카메라를 만지작대던 남자가 내 캐리어를 턱짓으로 가리키며 물었다. 신형 모델로, 리모와 제품 중 드물게 폭이 좁은 정사각기둥 모양이라 요가 매트를 넣기 적당해 구입한 것이었다. 나보다 서너 살 어려 보이는 남자는 햇볕에 탈색된 듯한

강보라

연갈색 머리에, 놀랍게도 이손목 작가의 드로잉 작업이 프린트된 티셔츠를 입고 있었다. 어린아이 낙서 같은 그림 아래 '이 구역의 아티스트는 나야'라는 문장이 손 글씨 서체로 찍힌 그 옷은 1년 전 서울 어느 레지던스에서 열린 입주 작가 단체전에서 작가가 굿즈로 판매한 물건 중 하나였다. 나는 그렇다고 대답했고 대화가 이어지길 기다렸다. 기대치 않게 제대로 된 말 상대가 나타났다고 생각하면서. 하지만 그걸로 끝이었다. 남자는 오, 하고 고개를 끄덕이더니 자기가 하던 일로 되돌아갔다. 어쩌면 그는 정말로 가방이 궁금했을 뿐인지 몰랐다. 캐리어를 살 때 매장 직원에게 노트북이나 카메라를 넣어 짐으로 부쳐도 될 만큼 튼튼하다는 말을 들은 것 같았다. 그럼에도 의문은 남았다. 무례하진 않지만 딱히 호의적이지도 않은 그의 태도 때문이었다.

우리 나이에는 아무래도 싱글 룸이 편하죠. 8년 새 몰라보게 살이 찐 주인 여자가 객실 열쇠를 건네며 영어로 말했다. 한국 돈으로 2만 원 정도면 하루 묵을 수 있는 방이었다. 내가 어리둥절한 표정을 짓자 여자가 검지로 휴게실 방향을 가리키며 저들에 비하면 당신은 완전히 부르주아,라고 넉살맞게 덧붙였다. 그제야 나는 우붓에서 이런 게스트 하우스를 찾는 사람들—한창 나이의 백패커들과 돈을 아껴야 하는 장기 여행자들—은 여간해선 싱글 룸에 묵지 않는다는 걸 기억해냈다. 실제로 그때 나를 제외한 투숙객들은 모두 6인용 도미토리에 묵고 있었다. 그들은 객실 양옆에 놓인 2층 침대 사이를 오가며 자연스럽게 안면을 트고 서로의 일정을 공유했다. 숙박비에서 아낀 돈으로 다 같이 나시고렝을 먹고 빈땅 맥주를 마시며 아무에게도 말하지 않은 내밀한 이야기를 나누었다. 그런 유대감에 대해서라면 나도 잘 알았다. 현오와 만나기 전까지 여행은 내게 지극히 일상적인 행위였기 때문이다.

대학원 공부를 마치고 이런저런 단체들을 옮겨가며 일하던 시절, 나는 현실이 갑갑할 때마다 충동적으로 항공권을 끊었다. 가까운 일본이나 태국은 여권이 닳도록 드나들었고 비엔날레나 아트 페어 같은 국제 행사가 열리는 기간에는 일을 그만두고 얼마 되지 않는 퇴직금을 쏟아부어 석 달 가까이 유럽에 머물기도 했다. 대부분 혼자 떠났고, 또 스스로 그것을 즐긴다고 믿었지만, 돌이켜보면 여행지에서 내가 진짜로 혼자였던 적은 거의 없었다. 계단에서 무거운

강보라

캐리어와 씨름하고 있으면 반드시 누군가 나타나 도와줬고, 그렇게 만난 현지인의 집에서 낯설고 친절한 사람들에게 둘러싸여 뜻밖에 소란스러운 밤을 보낸 적도 여러 번이었다. 그 시절 나는 이 도시에서 저 도시로 옮겨 다니며 우연한 만남이 주는 즐거움을 만끽했다. 허리를 쭉 펴고, 타인들이 베푸는 호의를 공기처럼 들이마셨다. 그런 공기가 희박해질 때면 환경을 바꿔 처음부터 다시 시작했다. 아는 사람이 있는 도시로 이동하거나 인터넷 카페에서 한국인이 많이 가는 숙소를 검색해 일부러 찾아갔다. 그런 곳을 찾는 한국인들은 대개 무리 짓는 일에 익숙했고 젊은 나이에 혼자 여행하는 나를 대단하게 여겼다(혼자 해외를 여행하는 여자가 드물던 시절이었다). '미술 쪽 일을 한다'는 나의 직업 설명 역시 그들의 선망을 끌어내기에 충분했다. '멋지다' '그 나이에 대단하다' 같은 말이 주변에 공기 방울처럼 떠다녔다. 우붓 여행을 계획하면서 굳이 오래전에 묵었던 게스트 하우스를 예약한 이유도 그것이었다. 밤이 되면 플라스틱 의자를 끌고 내 곁으로 모여드는 사람들. 기억 속에 선명한 파티 같은 밤들. 나는 그게 그리웠다.

　일정을 마치고 돌아온 한국인 셋이 나를 지나쳐

휴게실로 들어갔다. 첫날 내게 말을 건 그 남자도 함께였다. 중년 남자와 이십대로 보이는 여자가 섞여 있는 걸로 보아 다들 이곳에서 만나 알게 된 사이인 듯했다. 등 뒤로 그들을 반기는 한국인들의 웃음소리가 들려왔다. 내게는 절대 곁을 내어주지 않는 여행자들의 웃음소리가. 나는 잠시 후 그들이 둥글게 모여 앉아 맥주를 마시며 나에 대해 이러쿵저러쿵 떠드는 모습을 머릿속에 그려보았다. 누군가가 내 방문을 가리키며 저기 묵는 분도 한국인 아니에요? 하면 누군가가 심드렁하게, 그렇지만 약간의 멸시를 담아 받아친다. 아아, 그 부르주아 아줌마?

*

우붓에 애나 패서디나가 온대.

침대에서 인스타그램 피드를 훑다 던진 내 말에 곁에 누운 현오가 약간의 멸시를 담아 되물었다.

그 사기꾼 같은 여자?

자기한테 사기꾼 아닌 사람이 있긴 하고?

나는 놀리듯 반문하고 돌아누웠다. 휴대폰 화면 속 파도치는 바다를 배경으로, 백발 섞인 금발을 단

강보라

발로 반듯하게 자른 애나 패서디나가 가부좌를 틀고 양 손등을 무릎 위에 올려놓는 연꽃 자세를 취하고 있었다. 애나 패서디나는 이제 막 자신만의 제국을 만들어가고 있는 요가계의 구루였다. 그녀가 창시한 패서디나 요가는 한국에도 마니아가 많았다. 수년간 요가 수업을 들으면서도 '마음 챙김' 같은 영적 수행과는 의도적으로 담을 쌓아온 내가 명상에 대해 다시 생각하게 된 계기도 지인이 보내준 패서디나 요가 영상 덕분이었다. 패서디나 요가의 근간을 이루는 수련은 몸으로 하는 명상, 즉 움직임을 동반한 동적 명상 프로그램이었다. 빗소리, 파도 소리, 폭포 소리 등 자연의 다양한 물소리에 반응해 즉흥적으로 몸을 움직이는 과정을 통해 내 안의 숨은 충동을 발견하고 나아가 단체 명상을 통해 타인의 움직임까지 사심 없이 받아들이는 것이 수련의 목적이었다. 애나 패서디나는 자신이 고안한 명상법이 어디서든 수행 가능하다는 점을 강조했다. 실제 자연의 물소리를 들을 수 있는 장소라면 더할 나위 없겠지만 환경이 따라주지 않는다면 자사 공식 유튜브 채널에 올라와 있는 여러 가지 효과음을 활용해보라. 가능하면 공간의 불을 모두 끄고 온전히 소리에만 집중해볼 것을 권한다. 중요한 것은 장소가 아닌 마음가짐이다. 그러면서도 자신은 샌타모니카 해변이나 요세미티 폭포처럼 광활한 대자연을 배경으로 영상을 찍었다.

미국 캘리포니아주에 사는 애나 패서디나는 1년에 한 번 해외를 돌며 워크숍을 진행했는데 아시아 근처로는 웬만해선 오는 일이 없었다. '애나가 항공성 중이염이 있어 장거리 비행이 힘들다'는 게 공식적인 이유였지만 실은 아시아 음식에 대한 거부감이 커서,라는 게 요가계의 정설이었다(특히 한국의 김치 냄새를 혐오한다고 했다). 그랬던 애나 패서디나가 한국과 비교적 가까운 인도네시아, 그것도 요가의 성지로 불리는 발리섬 우붓에서 내가 그토록 듣고 싶어 하던 동적 명상 워크숍을 진행한다는 거였다.

워크숍을 들으러 우붓에 가겠다는 내 결정을 현오는 별 저항 없이 받아들였다. 명상이야말로 자본주의 시장에서 가장 과대평가된 상품이라며 혀를 차던 평상시 그를 생각하면 신기한 일이었다. 당시 나는 출판사를 운영하는 현오의 권유로, 오랫동안 전념해온 문화재단 일을 그만두고 책을 써보겠다고 끙끙대고 있었다. 현오가 예술 입문자들을 위해 기획한 '안목' 시리즈의 일환으로, 적은 돈으로 미술에 대한 안

목을 기르고 이를 통해 삶을 윤기 있게 가꾸는 방법을 제안하는 책이었다. 재단 동료들은 집에서 속 편하게 글이나 쓰는 내 처지를 못 견디게 부러워했지만 나는 나대로 글이 잘 써지지 않아 괴로운 시간을 보내고 있었다. 특히 앞서 출간된 같은 시리즈의 책들—현오 지인들이 필자로 참여한—을 생각하면 사고가 막히고 손이 굳었다. 예술에 대한 내 관점이 실은 현오의 생각에서 뻗어난 잔가지일 뿐이며, 그럴싸한 문장과 인용으로 그 허약한 본체를 간신히 지탱하고 있다는 걸 눈 밝은 그들이 알아챌 것 같았다. 어쩌면 이런 내 조바심을 눈치챈 현오가 내게 기분 전환이 필요하다고 생각해 평소보다 너그러운 태도를 보인 걸 수도 있었다. 이왕 가는 거 일주일 정도 푹 쉬다 오라며 비행기표까지 끊어주었으니 말이다.

하지만 현오는 막상 내가 짐을 꾸리자 뒤늦게 정신이 든 사람처럼 서둘러 물었다.

근데 자기, 전에 그 여자 인종차별주의자라고 하지 않았나?

인종차별주의자. 아마 내가 그렇게 말하기는 했을 것이다. 정확히 그 단어는 아니어도, 겉으로는 나와 다른 존재를 받아들일 것을 강조하면서 정작 본인은 아시아 국가에 발도 들이지 않는 애나 패서디나의 위선에 대해 한 번쯤 이야기하긴 했을 것이다. 애나 님이 한국은 김치 냄새 나서 못 오시겠대. 아주 우아 하셔.

사회적 명성을 얻은 사람들을 끌어내리고 흠집 내는 것은 그 시절 현오와 나 사이에 통용된 은밀한 놀이였다. 우리는 습관처럼 그들을 의심하고 분류하 고 비판했다. 제대로 된 검증을 거친 사람인지, 시대 의 흐름 덕에 과대평가받고 있는 건 아닌지, 애초에 부자여서 모든 게 가능했던 경우는 아닌지 꼼꼼히 살 폈다. 처음에는 우리와 가까운 문화계 인사들이 주된 대상이었지만 어떤 때는 일종의 반작용으로, 그저 교 양 없고 몰취미한 사람들이 심판대에 오르기도 했다. 우리의 이런 태도는 일상생활에도 영향을 미쳤다. 옷, 음악, 책, 가구, 미술, 요리, 영화, 스포츠, 모든 것 이 판단 대상이 되었다.

미술상이었던 아버지의 영향으로 예술 전문 출 판사를 운영 중인 현오는 다른 면에서는 진보적이고 균형 잡힌 사람이었지만 미술에 대한 취향만큼은 은 근히 보수적이었다. 21세기의 창작자들은 구매자의 취향을 무시해서는 안 된다고 힘주어 말하면서도 작품이 주류 미술사의 맥락에서 벗어나거나 시장의 흐름을 의식하는 기미를 보이면 내심 질색했다. 시세 차익이 확실히 보장된 작품이 아니면 투자하지 않았던 생전의 아버지를 '고루한 양반'이라고 평가했지만 자세히 보면 그 또한 예술의 순수성을 옹호한다는 걸 알 수 있었다. 현오는 점점 '시장'이 되어가는 현대미술 판을 못마땅해했고 업계가 전반적으로 품위를 잃어가고 있다고 말하곤 했다. 나는 그런 현오에게 많은 영향을 받았고 곧 여러 사안에 있어 그와 뜻을 같이하기에 이르렀다.

저희 생각은 그래요. 현오가 말했다.

고급문화와 대중문화를 뒤섞는 건 자기애로 똘똘 뭉친 작가가 자신감이 없을 때 쓰는 마지막 카드라고요.

요즘 같은 시대에 잡식 문화를 비판하는 사람은 거의 없으니까요.

사람들 앞에서 차분히 말을 거드는 내 모습을 현오는 대견하게 지켜보곤 했다. 그건 내가 현오에게서 가장 좋아하는 것이었다. 유복한 환경에서 자란 지적인 남자가 소수의 사람에게만 내비치는 믿음. 현오가 내게 소개해준 사람들은 전부 뭔가를 창작하거나 그

비슷한 일을 했다. 어려서부터 갈고닦은 취향과 관점을 바탕으로 정해진 길을 걷듯 편안하게 예술계에 진입한 사람들. 그런 사람들 앞에서 현오의 인정을 받는 건 기분 좋은 일이었다. 세속의 가치에 얽매이지 않고 자신의 창조성을 생계와 부드럽게 연결시키는 삶. 그런 삶이 세상에 그렇듯 흔하다는 걸 나는 현오와 만나며 알게 되었다. 우리 같은 사실혼 관계를 아무렇지 않게 받아들이는 사람이 한국에 그렇게 많다는 것도. 현오의 친구들은 언제나 예술을 인생의 최우선 가치로 삼았고, 정상 가족 형태의 평범한 삶이 부럽다고 말하면서도 실은 우습게 여겼다. 그들에게 결혼은 세상에서 가장 시시한 이벤트였다.

*

일찍 눈이 떠져 시계를 보니 새벽 5시가 조금 넘어 있었다. 뒤척이다 주방으로 내려가 냉장고에서 내 이름을 적은 포스트잇이 붙은 생수병을 찾아 마셨다. 찬물에 정신이 깨면서 전날 밤 기억이 조금씩 되살아났다. 술자리 내내 나를 경계하던 한 여자애가 언니 내일 진짜 우리랑 가는 거죠? 하고 화장실 앞에서 달아오른 얼굴로 나를 꼭 끌어안았던 것도. 그 장면을 떠올리자 가슴속에 작은 파문이 일었다.

다시 잠들 수 있을 것 같지 않아, 읽다 만 책을 들고 밖으로 나갔다. 송기호가 전날 옷차림 그대로 마당 잔디밭에 주저앉아 카메라를 만지고 있었다. 손놀림으로 보아 그동안 찍은 사진들 중 지울 것과 남길 것을 신중히 고르고 있는 듯했다. 그의 티셔츠를 보자 술자리에서 사람들이 그를 작가님, 작가님 놀리던 게 떠올라 나는 용기를 내 농담조로 인사했다.

"작가님, 안녕히 주무셨어요?"

고개를 든 송기호가 나를 보고 피식 웃었다. 장난기 어린 눈과 살짝 들린 입꼬리 때문인지 그는 삼십 대인데도 소년처럼 보였다. 곱상하지만 약간 날티 나는 얼굴이었다.

"우리 누나 동생 하기로 한 거 아니었어요?"

송기호가 능청을 떨더니 오 반장이 밤새 코를 고는 바람에 자기는 물론이고 같은 방을 쓰는 사람들이 죄다 잠을 설쳤다며 투덜거렸다. 그러더니 문득 공격 대상을 바꿔, 내가 든 책을 가리키며 여기까지 와서 글이 눈에 들어오냐고, 그렇게 두꺼운 책을 자기는 살면서 한 번도 끝까지 읽어본 적이 없다며 고개를 절레절레했다.

"수면제 대신 가져온 거예요. 푹 자려고."

내가 생각해도 괜찮은 대답 같았다.

"우리 6시에 출발하기로 한 거 알죠? 추울 수 있으니까 걸칠 거 갖고 나와요."

송기호가 싱긋 웃으며 엉덩이를 털고 일어났다. 그는 키가 크고 어깨가 벌어졌는데도 어딘지 모르게 여성스러워 보였다. 작고 다부진 체격의 오 반장이 실제보다 우람해 보이는 것과는 정반대였다.

짙은 눈썹에 구레나룻을 기른 오 반장을 보고 나는 몇 년 전 아트 페어에서 만난 아이누족 출신 남성 작가를 떠올렸다. 홋카이도 지방 토착민으로 소수민족을 향한 일본 사회의 선입견을 은유적으로 드러내는 작가였는데, 동양인임에도 묘하게 서구적인 얼굴이 인상 깊게 남아 있었다. 그러나 이국의 원주민 같은 외모와 달리 오 반장의 기질은 영락없는 한국인이어서, 결과적으로 그는 어디에도 속하지 않는 국적 불명의 사나이처럼 보였다. '말로 설명하기 어려운 사업상의 이유'로 발리에 장기 체류 중이라는 오 반장이 게스트 하우스에 예사롭게 녹아드는 건 그런 외모 때문일지 몰랐다. 그는 스무 살 넘게 차이 나는 대학생 무리와도 허물없이 어울렸고, 주인이 없을 때는 대신 손님을 받아 이를 장부에 기록했다. 나중에는 숙소로 배달 온 생수 상자를 그가 직접 정리하는 걸 보기도 했다. 친목 도모를 목적으로 게스트 하우스를 찾은 한국인들은 그를 오 반장이라 부르며 따랐다. 그날 오 반장 옆에 있던 호경이라는 여자애도 말하자면 그런 애들 중 하나였다.

숙소에서 제일 연장자인 오 반장은 다른 한국인들과 달리 스스럼없이 내게 말을 걸었다. 우붓은 처음인지, 며칠 일정으로 묵을 예정인지, 예약해둔 프로그램이 있는지, 결혼은 했는지 취조하듯 캐물었다. 나는 대화가 이상한 방향으로 튀지 않도록 진실과 거짓을 적당히 섞어 대답했다. 내가 말하는 동안 호경은 오 반장의 등받이에 팔을 두르고 나를 뚫어져라 쳐다봤다. 대답하는 내내 그 애가 내 속을 빤히 들여다보는 기분이었다. 취조를 마친 오 반장이 흡족한 얼굴로 담뱃갑에 손을 뻗으며 말했다.

"우리 기호랑 잘 맞겠네. 나이도 얼추 비슷하고."

"기호요? 그게 누군데요?"

"기집애처럼 생겨갖고 카메라 들고 다니는 놈 못 봤어요?"

내가 답을 흐리자 호경이 언니 취향은 아닐 수도 있지, 하고 오 반장을 나무랐다. 그러더니 언니라고 불러도 되죠? 하며 내 술잔을 채웠다. 태연을 가장한 말투에서 그 나이 또래 특유의 방어적이면서도 호전적인 태도가 느껴졌다.

휴게실에서 조촐하게 시작된 술자리는 일정을 마치고 돌아온 사람들로 금세 판이 커졌다. 숱 많은 곱슬머리를 틀어 올려 나무젓가락으로 고정한 호경이 자리를 옮겨 다니며 활기차게 술잔을 돌렸다. 길게 뻗은 다리와 탄탄한 팔뚝이 운동선수 같은 느낌을 주는 아이였다. 한국인이 절대다수인 술자리는 자연스럽게 대학 엠티 분위기로 흘러갔다. 남녀 간에 미묘한 눈짓이 오가고 여기저기서 발작적인 웃음이 터졌다.

기분 좋게 취한 오 반장이 야한 농담으로 이따금 분위기를 띄웠다. 그때마다 남자들이 호경아 도망쳐, 하며 와르르 웃었다. 저렇듯 어린 여자애가 왜 지저분한 농담이나 하는 중년 남자와 어울리는지 알 수 없었다. 호경은 별로 웃기지 않은 이야기에도 자지러지듯 웃었고 입에 잘 붙지도 않는 욕을 밥 먹듯이 사용했다. 그렇게 시도 때도 없이 깔깔거리다 갑자기 부루퉁해져서는, 보란 듯이 하품을 하며 지루한 티를 냈

강보라

다. 오 반장이 담배와 라이터를 챙겨 밖으로 나가려하자 호경이 또? 하고 이맛살을 찌푸렸다. 정색하는 아내가 아닌, 부드럽게 타박하는 애인의 표정이었다.

잠시 후 오 반장이 카메라를 든 남자와 함께 마당을 가로질러 안으로 들어왔다. 그가 나를 가리키며 남자에게 물었다.

"송기호. 어떠냐, 저 언니."

"아, 형 제발."

진저리를 친 남자가 양해를 구하듯 나를 바라봤다. 내 캐리어를 눈여겨보던 남자였다. 오 반장은 내게 언니,라는 호칭을 썼다. 자기 딴에는 아줌마라 부를 수도 없고 편하게 이름으로 부르기도 애매한 여자를 높이는 용도인 듯했다. 송기호가 자리에 앉자마자 오 반장은 그와 나를 대놓고 엮으려 들었다.

"언니, 쟤가 저래 봬도 작가야, 작가. 다큐멘터리 포토그래퍼."

나는 그때 약간 모욕감을 느꼈는데, 그가 나를 부르는 방식이나 내가 단지 미혼이고 나이 들었다는 이유만으로 짝이 필요한 외로운 여자라고 단정 짓는 그의 경솔한 태도 때문만은 아니었다. 오 반장이 은연중에 나와 자신을 동급으로 여기고 있다는 것. 자기 눈에 대단해 보이는 것이 내 눈에도 그럴 거라고 확신하는 것. 설사 그게 사실이 아니라 한들, 그런 기미를 느끼는 것만으로도 속이 꼬이고 비위가 상했다. 오 반장이 어떤 부류인지 알 것 같았다. 게스트 하우스라는 작은 사회에서 어른 행세를 하고 있지만 실은 사회에서 낙오되어 물가 싸고 춥지 않은 나라를 떠돌고 있을 뿐인, 여행이 곧 삶이 되어버린 중년 남자. 여행하던 시절 숱하게 봐온 스테레오타입이었다.

방으로 돌아온 나는 옷을 벗고 욕실로 들어갔다. '찍찍' 소리가 나 올려다보니 욕실 천장에 새끼손가락만 한 도마뱀이 달라붙어 있었다. 샤워를 하려고 팔찌를 푸는데 까맣게 잊고 있던 장면이 머릿속에 떠올랐다. 술자리에서 부산 사투리를 쓰는 대학생 여자애가 이걸 보고 유난스레 호들갑을 떨었던 것이다. 네잎클로버를 닮은 보라색 참이 여러 개 연결된 그 팔찌는 몇 해 전 현오가 큰맘 먹고 생일 선물로 사준 것이었다.

"은니야, 이거 반 클리프 앤 아펠 아이가. 라일락인가 머신가 하는 유튜버가 짝퉁 찼다 디비졌던 그그 맞제?"

브랜드 이름을 리드미컬하게 발음하는 그녀의

강보라

억센 사투리에 몇몇이 웃음을 터뜨리며 내게로 시선을 돌렸다.

"한번 차볼래요? 보니까 이게 젊은 친구들한테 더 잘 어울리더라고요."

나는 얼른 팔찌를 풀어 그녀에게 건넸다. 그렇게나마 사람들의 관심이 내게 쏠린 것이 기뻤던 것이다. 팔찌를 본 여자들이 역시 진짜는 다르다며 한마디씩 했다. 멀리서 그 광경을 힐긋 본 호경이 아 구려, 하고 중얼거렸다. 들릴락 말락 한 목소리였지만 어째서인지 그날 호경의 언행에 남들보다 좀더 주의를 기울이고 있던 나로서는 그 가시 돋친 혼잣말을 놓치기가 어려웠다. 옆에서 오 반장이 너도 저런 거 갖고 싶어? 이 오래비가 하나 사줘? 하고 눈치 없이 허풍을 떨자 호경이 오 반장의 턱을 손으로 톡 치며 까불지 말고 본인 빚이나 갚으세요, 했다. 아무리 친해도 그렇지 너무 버릇없는 거 아닌가 싶었는데 오 반장은 오히려 귀여워 죽겠다는 듯 호경의 머리를 손으로 부스스 흩뜨렸다.

술자리가 무르익을 무렵 송기호가 내일 새벽에 오 반장과 호경 셋이 근교로 나갈 예정인데 함께 가지 않겠느냐고 물었다. 어차피 사흘 후 열리는 워크숍을 제외하면 별다른 일정도 없는 터였다. 내가 선선히 그러겠다고 하자 오 반장이 우리 스쿠터 타고 갈 건데 괜찮나? 하고 막아섰다.

"아까 보니까 벤치에서 책 읽고 있으시더라고. 아주 우아한 분이셔."

"그리고 겁나 부자야."

호경이 큰 소리로 덧붙였다.

스쿠터 타는 거랑 부자가 무슨 상관이지? 나는 몸에 물을 뿌리며 생각했다. 부자라니. 엄밀히 말해서 그건 사실도 아니었다.

요즘은 진짜 개나 소나 사진작가야. 술자리를 파하고 잠들기 전, 나는 현오와 통화하며 송기호 이야기를 꺼냈다. 늘 그렇듯 현오가 호응해주길 기대하면서. 그런데 현오는 어쩐지 좀 지루해하는 눈치였다. 뭐랄까, 내 말에 그럭저럭 맞장구치긴 했지만 이전 같은 의욕이 느껴지지 않았다. 비판할 가치도 없는 주제라고 생각하는 걸까? 아니면 다른 남자 얘기를 꺼내서 마음이 상했나? 호경과 오 반장에 대해서도 할 말이 많았던 나는 현오의 미지근한 반응에 그만 입을 다물었다. 이런 분위기에서 괜히 더 말을 이었다간 그러게 왜 거기까지 가서 영양가 없는 사람들

강보라

과 어울리는 거냐고 의아해할지 몰랐다. 캐리어와 팔찌 이야기를 잘못 전하면 의심 많은 현오 성격상 그들을 잠재적 도둑으로 여길 수도 있었다.

옷을 갈아입으며 나는 현오에게 다시 한번 전화를 걸까 망설이다 그만두었다. 대신 현오가 전날 그자리에 있었다면 그들을 어떻게 대했을지 상상하는 것으로 못다 한 대화의 허기를 달랬다. 남자들에 대한 현오의 반응을 상상하는 건 어렵지 않았다. 그는 대화 중에 틈틈이 나와 눈을 맞추며 이만 자리를 뜨자는 신호를 보냈을 것이다. 오 반장의 휴대폰 케이스에 프린트된 클림트의 「키스」 그림이나 송기호가 노트북을 열어 수줍게 보여준 원주민 아이들 사진을 보고 속으로 빠르게 판단을 마쳤을 것이다. 그럼에도 싫은 내색 없이 자리를 지키다가 더없이 깍듯한 태도로 그들과 마지막 인사를 나눴을 것이다. 현오의 깍듯한 태도는 예의나 존중의 표현이라기보다 마음에 들지 않는 타인을 슬며시 밀어내는 기교에 더 가까웠다.

못내 궁금한 건 호경에 대한 현오의 반응이었다. 생각 외로 쩔쩔맬 수도 있었다. 현오도 남자니까, 그녀의 솔직하고 예측 불가능한 태도에 속수무책으로 빠져들지 몰랐다. 그러다 며칠 후 내가 호경의 이름을 꺼내면 불편한 기억을 떠올리듯 얼굴을 찡그릴 것이다. 마음을 복잡하게 만드는 작품 앞에서 품위 운운하며 저도 모르게 반감을 드러낼 때처럼. 나는 욕실로 들어가 거울을 보며 매무새를 다듬었다. 가슴속 파문은 어느새 잔잔히 잦아들어 있었다. 천장 모서리로 이동한 도마뱀이 꼬리를 갈지자로 흔들며 환풍구 뒤로 사라졌다.

그날 아침 도로에는 엄청나게 많은 차량이 나와 있었다. 달리는 승합차와 트럭 사이를 그보다 더 많은 스쿠터가 지그재그를 그리며 빠져나갔다. 여러 사람의 체취가 밴 헬멧 때문에 무척 괴로웠던 것, 진흙 섞인 물웅덩이를 지날 때마다 종아리에 구정물이 튀었던 것이 기억난다. 예상 밖의 속도감에 놀라 송기호의 옷자락을 붙들었을 때 그가 팔을 뒤로 뻗어 내 손을 자기 허리 쪽으로 바짝 끌어당겼던 것도(예의 바르지만 남자다운 완력이 느껴지는 동작이었다). 나와 마찬가지로 뒷자리에 탄 오 반장은 호경이 핸들을 꺾을 때마다 솜씨 좋게 몸을 기울여 중심을 잡았다. 가파른 커브 길을 돌 때마다 춤추듯 함께 무너졌다 몸을 일으키는 두 사람의 모습에서 그들만의 은밀

강보라

한 시간과 리듬을 짐작할 수 있었다.

도로가 혼잡해 잠시 멈춰 설 때면 송기호와 나는 여럿이 있는 동안에는 차마 묻지 못한 질문들을 주고받았다. 하는 일이 뭔지, 사는 곳은 어디인지 같은 평범한 물음이 대부분이었지만 스쿠터가 다시 속도를 높이고 우리 목소리가 도로의 소음에 파묻힐 때면 대화는 한층 대담해졌다. 집, 꿈, 일, 미래 같은 단어가 오가는 동안 내 안에 설렘과 실망이 빠르게 교차했다. 스쿠터가 구불구불한 오르막길을 넘어 목적지에 접어들었을 때 우리는 이미 서로에 대한 호감과 반감을 각각 엇비슷하게 주고받은 상태였다.

주차장에서 잡상인들이 과일을 플라스틱 바구니에 쌓아놓고 팔고 있었다. 나는 망고스틴 한 봉지를 사서 그들에게 나누어 주었다(오 반장이 나 대신 가격을 흥정했는데 그는 대화 중에 영어가 아닌 현지어를 써서 나를 놀라게 했다). 먹는 이야기가 나와서 말인데, 세 사람은 적극적으로 나를 데리고 다니면서도 음식값을 계산해야 하는 순간이 오면 담배를 피우거나 화장실에 가는 등 노골적으로 딴청을 피웠다. 나는 머지않아 그것이 그들의 오랜 생존 방식이라는 사실을 깨달았다. 자신들이 스쿠터를 빌리고 기름을 채워 나를 먼 곳까지 데려왔으니 밥값 정도는 내가 감당하는 게 당연하다는 태도였다.

우리가 그날 방문한 장소의 정확한 명칭은 '낀따마니'였다. 반세기 전에 폭발해 아직도 김이 피어오르는 휴화산과 거대한 칼데라호가 있는 곳이었다. 언니 저거 봐요. 호경이 살갑게 내 팔짱을 끼며 다른 한손으로 산 아래를 가리켰다. 분화구 가득 고인 호수 위로 뽀얀 물안개가 띠처럼 떠 있었다. 우리는 초승달 모양으로 구부러진 호숫가를 따라 천천히 걸었다. 호수에 버려지듯 떠 있는 난파선 안에 초등학교 저학년 또래의 남자아이들이 모여 있었다. 원주민으로 보이는 그 아이들은 고지대의 서늘한 기후에도 아랑곳없이 알몸으로 물놀이를 즐겼다. 송기호가 뱃머리에서 차례차례 물속으로 뛰어드는 아이들을 카메라에 담았다. 피사체가 되었다는 사실에 신이 난 아이들이 손가락으로 브이 자를 그리며 할로, 할로, 소리쳤다. 허리를 숙여 그들에게 사진을 보여주는 송기호의 얼굴이 아이처럼 환했다.

산 능선을 따라 전망 좋은 카페들이 늘어서 있었다. 내 발길이 그리로 향하자 오 반장이 저런 데는 뜨내기들이나 가는 곳이라며 나를 말렸다. 그러고는 사

강보라

향고양이 배설물로 만든 커피를 맛볼 수 있는 농장이 근처에 있으니 조금만 참으라며, 갑자기 철 지난 루왁커피 예찬을 늘어놓기 시작했다. 루왁의 정의부터 설명하려 드는 걸 보니 내가 아무것도 모른다고 생각하는 게 분명했다. 나는 또 한 번 모욕당한 기분이 들었고, 더는 참기 어려웠고, 그래서 그냥 이렇게 말해버렸다.

"이 정도 고지대에서 생산하는 거면 아라비카 품종이겠네요."

"그게 아니라 루왁이라고……"

"그러니까요. 루왁도 다른 커피처럼 아라비카가 있고 로부스타가 있을 거 아녜요."

"그치 그치. 잘 아시네."

오 반장이 쌍꺼풀 진 큰 눈을 끔뻑였다. 그 얼굴을 지켜보는 게 너무 짜릿해서 약간 죄책감이 들 정도였다. 하지만 승리의 깃발은 어느 틈에 다가온 불청객의 손으로 냉큼 넘어갔다.

"반장님 또 재아 언니 앞에서 주름잡다 혼났구나?"

호경이 어린아이 달래듯 오 반장의 엉덩이를 툭툭 두드렸다. 오 반장이 머쓱하게 웃으며 호경의 어깨에 팔을 둘렀다.

"우리 오빠 아는 척하는 거 너무 귀엽지 않아요?"

호경이 말해놓고 대답을 기다리듯 나를 똑바로 쳐다봤다.

그날과 관련된 또 하나의 기억은 이런 것이다. 호수 구경을 마치고 주차장으로 돌아오는 길이었다. 어디선가 튀어나온 원숭이 한 마리가 내 손에 들려 있던 망고스틴 봉지를 사납게 낚아챘다. 터진 봉지 틈으로 빠져나온 자줏빛 열매들이 바닥에 나뒹굴었다. 그중 한 알을 집어 먹는 원숭이를 보며 내가 황당해하고 있을 때 호경이 아오오오오, 늑대 울음소리를 내며 원숭이를 쫓아냈다. 왜 하필 늑대 울음소리였는지는 모른다. 원숭이, 아니 모든 동물의 천적은 늑대라는 논리였을까? 아무튼 호경은 그날 숫제 네발로 기어가는 시늉까지 하며 늑대 흉내를 냈고, 그 모습에 남자들이 허리를 꺾어가며 웃어댔고, 나는 그런 세 사람을 지켜보며 그들 사이에 섞이고 싶은 마음과 그들 사이를 엉클어뜨리고 싶은 마음 사이에서 진자운동을 거듭했다.

가까워질수록 예의를 차리는 사람도 있다는 걸 나는 오 반장을 보며 알았다. 우리가 층층이 물을 가

강보라

둔 논둑길을 산책하고, 입구에 커다란 힌두 도깨비
가 새겨진 석굴사원을 돌아보고, 원주민들이 직물을
푸르게 물들이는 것을 구경하는 동안 나에 대한 그
의 호칭은 언니에서 재아 씨로, 최종적으로는 작가님
으로 바뀌었다. 송기호에게 지나가는 말로 책을 쓰고
있다고 했는데 그 얘기가 오 반장에게 조금 왜곡된
형태로 전해진 듯했다(그는 무슨 말 끝에 내게 쓰고
있는 책 내용이 뭐냐고 물었는데 막상 내가 입을 열
자 금세 집중력이 흐려져서는, 마지막에는 거의 듣는
시늉만 했다).

　한편 몰라보게 정중해진 그의 태도 덕에 나 역시
전과 다른 관점으로 그를 바라보게 되었다. 오 반장
은 현지 사정에 빠삭했고 발리섬 지리를 손바닥 보듯
꿰고 있었다. 영어가 좀 투박하긴 해도 의사소통에는
지장이 없는 데다 발리어도 조금 할 줄 아니까, 관광
가이드로만 일해도 지금보다 생활이 훨씬 나아질 것
이었다. 이런 내 생각을 전하자 그는 심상한 얼굴로
나를 보더니, 발리에는 자국민 보호 정책이 시행되고
있어 외국인이 관광업에 종사하는 데 제약이 많이 따
른다고 설명했다. 체념하는 기색 없이 사실을 있는
그대로 전하는 말투였다(그가 발리어를 배운 계기를

말하는 과정에서 들려준 이야기도 의외로 흥미로웠다. 발리에는 아직 희미하게나마 카스트제도가 유지되고 있어 계급마다 사용하는 언어가 조금씩 다르다는 말이었다).

낀따마니에 다녀온 다음 날 아침, 송기호는 전날 찍은 사진들 중 베스트 컷을 추려 내게 톡으로 보내주었다. 강렬한 콘트라스트로 화산 지대의 신비로움을 부각한 그 흑백사진 컬렉션은 히말라야산맥이나 인도 갠지스강 같은 오지에서만 인생의 진리를 찾으려 드는 삼류 다큐 작가들의 스타일을 그마저도 어설프게 답습한 것에 불과했다. 원주민 아이들의 천진난만한 얼굴을 클로즈업한 신파 조의 인물 사진도 거슬리긴 마찬가지였다. 아이들을 향한 그 애정 어린 시선에서 사진이 세상을 변화시키리라 기대하는 그의 순진한 믿음이 고스란히 전해졌다. 나는 뭐라고 반응해야 좋을지 몰라 고민하다가 캐릭터 이모티콘으로 적당히 대답을 대신했다.

송기호에게 베스트 컷을 한 번 더 받은 날, 그와 단둘이 사진 이야기를 나눌 기회가 있었다. 저녁 무렵 둘이 함께 안줏거리를 사러 나왔다가 갑자기 쏟아진 폭우에 숙소 근처 스타벅스로 몸을 피한 때였을

강보라

것이다. 계산대 앞에 선 송기호가 웬일로 자기가 사겠다며 나를 만류했다. 그에게 주문을 맡기고 카페 안으로 들어간 나는 사원이 잘 보이는 창가 테이블에 자리 잡았다. 여느 스타벅스와 달리 매장 뒤편이 연못으로 둘러싸인 사원과 연결되어 있어 관광객들이 성지순례 하듯 한 번씩 들르는 곳이었다. 심벌즈를 뒤집어놓은 것처럼 가운데가 오목한 연잎들이 서로 다른 높이에서 빗물을 튕겨내며 흔들리는 풍경이 꽤 근사했다. 신기하네. 원래 여기 자리 잘 안 나는데. 송기호가 음료를 내려놓으며 말했다. 건너편에 앉은 한국인 여자 둘이 우리 쪽을 슬쩍 보더니 자기들끼리 의미심장한 눈웃음을 주고받았다. 처음에는 한국어가 적힌 그의 티셔츠 때문인 줄 알았는데(그는 그날도 문제의 티셔츠를 입고 있었다) 아이돌 누구 닮지 않았느냐는 말이 흘러나온 걸 봐서 웃음의 이유가 반드시 옷 때문만은 아닌 듯했다.

창밖을 물끄러미 바라보던 송기호가 대수롭지 않은 척 사진 이야기를 꺼냈다. 아무 말이 없는 내 반응을 은근히 신경 쓰고 있던 게 분명했다. 나는 속마음을 감추려 이리저리 수선을 떨었지만(글쎄 기호씨만의 느낌이 있다니까요?) 솔직한 의견을 구하는

듯한 그의 눈빛에 그만 마음이 흔들려서는 격려도 조
언도 아닌 어중간한 말만 늘어놓고 말았다.

"부민성 작가 아시죠?"

송기호의 얼굴에 반가움이 스쳤다.

"일반 사진가 중에는 부민성이 최고인 것 같아요."

"일반 사진가요?"

"음…… 말에 좀 어폐가 있을 수 있는데요. 솔직
히 그분 작업이 한국 다큐멘터리 사진사에 언급될 만
한 수준은 아니잖아요. 그냥 아름다운 여행 사진? 뭐
그런 거죠."

송기호가 혼란스러운 얼굴로 나를 바라봤다. 나
는 여러 번 접어 꼬깃꼬깃해진 냅킨을 다시 펼치며
되는대로 말을 이었다. 말이 말을 낳는 느낌이었다.

"왜 다큐 작가랍시고 이상한 환상 가진 사람들
있잖아요. 자기가 찍은 사진이 잘못된 세상을 개선하
는 데 이바지할 수 있다는 환상이요. 부민성은 그런
게 없어서 좋아요. 사진이 겸손하다고 해야 하나."

송기호는 풀이 죽은 기색이었지만 그의 눈빛에
는 저항감이 엿보였다. 반격하고 싶지만 적당한 말을
찾지 못해 고심하는 듯했다.

"전부터 궁금했는데 그 옷은 대체 뭐예요?"

나는 분위기를 전환하려 웃으며 물었다.

"이거요? 호경이가 준 거예요."

"호경 씨가요?"

송기호가 끄덕였다.

"예전에 알바할 때 가져온 거라던데…… 이상해요?"

"호경 씨가 전시장에서 알바를 했어요?"

"저도 자세한 건 잘 몰라요. 거기 주인이 하도 재수 없게 굴어서 일 그만둘 때 몰래 몇 장 가져왔다나. 하여간 골 때려요, 그 녀석."

송기호가 말하며 빙긋 웃었다. 귀여운 말썽꾸러기 여동생을 떠올리듯 다정한 미소였다. 그 미소에 내 가슴속 추鍾가 다시금 좌우로 흔들렸다. 순간, 낀따마니로 가는 길에 그가 들려준 말이 떠올랐다. 한국으로 돌아가 사진으로 돈을 벌고 싶다는 말. 그렇게 번 돈으로 전시도 열고 싶다는 말. 하지만 어디서부터 시작해야 할지 몰라 아직은 생각만 하고 있다는 말. 한국을 떠난 지 너무 오래라 이제는 돌아가기가 무척 두렵다는 말. 나는 그의 두려움을 충분히 이해할 수 있었다. 이렇다 할 경력도 인맥도 없는 송기호가 서른이 한참 넘은 나이에 한국에서 사진으로 돈을 벌기란 쉽지 않을 것이다. 웨딩 촬영 보조나 인터넷 쇼핑몰 촬영 같은 아르바이트를 전전하며 방황하다 맥없이 꿈을 접는 그의 모습이 눈에 선했다.

"한국 오면 연락해요. 도와줄게요."

나는 나도 모르게 튀어나온 내 말에 스스로 놀라며 말했다. 또다시 말이 말을 낳기 시작했다. 반짝이는 약속들이 꼬리를 물었다. 서울에 오면 도움 될 만한 사람들을 소개해주겠다고, 아주 대단한 곳은 아니어도 작은 갤러리 정도는 연결해줄 수 있다고, 부민 성과도 친분이 있으니 원한다면 그분 스튜디오에 자리가 있는지 알아봐주겠다고. 송기호는 조금 놀란 것 같았다.

"반장 형 말이 맞구나."

"뭐가요?"

"김재아 보통 사람 아니라고."

성과 이름을 붙인 그 호칭에 흔들리던 추가 한순간 움직임을 멈추었다. 나를 보는 송기호의 눈에 돌연 장난기가 돌았다. 나는 상황을 눈치채고 재빨리 고개를 돌렸다. 동시에 한발 늦은 셔터 음이 울렸다.

"에이 흔들렸잖아요. 아깝다. 방금 진짜 예뻤는데."

송기호가 카메라를 내리며 투덜거렸다. 그때 테

강보라

이블 위에 올려둔 내 휴대폰에서 문자 알림 음이 울렸다.

　─유니세프 광고 사진인 줄. ㅋㅋ

　그제야 아침에 현오에게 보낸 문자 생각이 났다. 송기호의 흑백사진을 보내고 의견을 물었는데 저녁이 다 되어서야 답이 온 것이었다.

　─ㅎㅎㅎ 내 말이. 보고 싶다 우리 현오.

　나는 답문을 보내고 폰을 테이블 위에 엎어놨다.

　"재아 언니, 신발!"

　옆에 앉은 호경이 기쁨에 찬 비명을 내질렀다. 황토색 강물 위로 벗겨진 내 샌들 한 짝이 둥실둥실 떠내려가고 있었다. 얼굴에 튄 물이 한낮의 뜨거운 볕에 금세 말라 사라졌다. 8월, 여름의 복판이었고, 다음 날 그처럼 비가 쏟아지리라고 예상치 못할 만큼 날씨는 화창했다. 애나 패서디나의 워크숍을 하루 앞둔 날이었다. 우리를 태운 코끼리가 철퍼덕 소리를 내며 물속 깊이 몸을 담갔다. 다음 목표물은 내가 아닌 호경이었다. 녀석이 코를 치켜올려 또 한 번 넓게 물을 내뿜었다. 호경이 물세례를 맞자 관광객 틈에서 우리를 구경하던 송기호와 오 반장이 박수를 치며 즐거워했다. 강 바깥에서 손짓하는 조련사를 따라 걸음을 옮긴 코끼리가 긴 코로 수면을 훑어 내 샌들을 민첩하게 낚아챘다. 웩, 이걸 어떻게 신어. 트레킹을 마친 내가 젖은 나뭇잎이 엉겨 붙은 샌들을 받고 우는 소리를 하자 호경이 킥킥 웃으며 내게 몸을 기댔다.

"작가님 떠나시기 전에 그림 구경 좀 시켜드릴까?"

그날 점심, 다 같이 시장에서 꼬치구이를 먹고 있을 때 오 반장이 떠보듯 입을 열었다. 스쿠터로 한 시간 남짓 거리에 발리 전통 회화를 볼 수 있는 제법 큰 규모의 미술관이 있다고 했다. 자기도 아직 가보지는 않았네 어쩌네 뜸을 들이던 그가 쑥스러운 얼굴로 덧붙였다.

"작가님 미술 책 집필에 영감이 될까 해서."

"언니가 말하는 미술은 그런 미술 아니야, 바보."

호경의 면박에 오 반장이 머리를 긁적였다. 나는 아니라고, 그러잖아도 미술관 구경이 하고 싶었다고, 갈 거면 늦기 전에 얼른 출발하자고 말했다. 발리의 원시미술에 딱히 흥미가 있어서는 아니었고 실은 스쿠터가 타고 싶었다. 그때쯤 나는 스쿠터의 속도감이 주는 쾌감에 푹 빠져 있었던 것이다.

오 반장이 말한 미술관은 고급 리조트들이 모여

강보라

있는 관광단지 근처에 있었다. 피라미드 형태의 벽돌색 지붕을 삿갓처럼 인 건물 내부에 지붕과 비슷한 톤의 회화들이 풍성하게 걸려 있었다. 인도네시아 말고도 중국, 일본, 베트남 등 다양한 국적의 작가들 그림이 있었고 고갱의 작품도 눈에 띄었다. 관람객이 거의 없어 우리는 호젓하게 그림을 구경했다. 텅 빈 전시장에 우리의 발걸음 소리와 송기호가 내는 셔터 소리만이 간간이 울려 퍼졌다.

전시 자체는 특별할 게 없었다. 20세기 초 발리에 거주했던 서구 남성 작가들의 작품을 모아놓은 것으로, 고갱의 화풍을 베낀 발리 여성의 누드화가 주를 이뤘다. 문명에 염증을 느낀 고갱이 타히티의 원시적 삶에서 아름다움을 찾으려 했듯, 그들 역시 자신을 문명인의 위치에 두고 발리의 원시성을 예찬하고 있었다. 오리엔탈리즘에서 발로했을 그 오만한 시선이 나는 얼마간 불편했는데 호경은 그림들이 마음에 드는지 평소답지 않게 고요한 얼굴이었다. 뒤처진 채로 특정 그림 앞에 한동안 서 있기도 했다. 어두운 피부를 가진 작고 마른 원주민 소녀가 춤을 추는 모습을 그린 그림이었다. 허리에 붉은 치마를 두르고 맨가슴을 드러낸 소녀는 춤에 완전히 몰두한 듯 황홀

경에 빠진 표정이었다. 다른 누드화 속 여자들처럼 화가를 정면으로 바라보거나 관객에게 유혹의 눈길을 던지는 대신 감은 눈으로 자신의 내면을 응시하는 그 소녀는 치마와 비슷한 색 배경 위에 묻히듯 그려져 있어 불에 타고 있는 것처럼 보이기도 했다.

"어려울 게 뭐 있어요. 자기가 봐서 좋으면 그만이지."

나는 감상을 어려워하는 오 반장을 독려하며 앞으로 나아갔다. 촬영에 정신이 팔린 송기호와 달리 오 반장은 얌전한 학생처럼 내 설명에 귀를 기울였다. 전시장이 너무 조용해서 내 목소리가 좀 도드라지는 듯했고 그래서인지 단어 하나하나에 신경이 쓰였다. 젠체하는 느낌이 들지 않도록 조심했지만 필요에 따라 '대상화'라든지 '타자화' 같은 말을 쓰기도 했던 것 같다.

여행 마지막 날 호경이 내게 선물한 그림은 그날 미술관 앞에 모여 있던 노점상 중 한 곳에서 구입한 것이었다. 발리의 풍경과 동물 따위를 그린 유화 그림을 파는 가게였는데 캔버스가 하나같이 손바닥만 했다. 여행자들이 부담 없이 구입할 수 있도록 그렇게 만든 것 같았다. 호경은 가게 앞에 쭈그리고 앉아

강보라

바닥에 놓인 그림들을 골똘히 들여다보았다. 오 반장이 설마 살 건 아니지? 하는 표정으로 호경을 내려다봤다. 나는 호경 옆에 앉아 뭐라도 살 것처럼 그림들을 뒤적거렸다. 아마 점심때 호경이 한 말이 마음에 걸렸기 때문일 것이다. 언니가 말하는 미술은 그런 미술 아니야.

"내일 온다고 했죠? 애나인지 뭔지 하는 그 여자요."

호경이 그림에서 눈을 떼지 않은 채 내게 물었다.

"그거 할 때 저희 따라가도 돼요?"

"야 인마, 우리는 요가 할 줄 모르잖아."

옆에서 듣고 있던 송기호가 펄쩍 뛰었다.

"어려울 게 뭐 있어. 요가가 별거야?"

자리에서 일어나 서너 걸음 뒤로 물러난 호경이 무릎을 꿇고 앉아 손깍지를 끼고 팔꿈치를 바닥에 내려놓았다. 그런 다음 고개를 들고 우리를 보며 씩 웃더니, 깍지 낀 손 앞 바닥에 정수리를 대고 길게 뻗은 다리를 하나씩 들어 올려 '머리 서기' 자세를 취했다. 남자들의 입이 딱 벌어졌다. 나는 아무리 연습해도 할 수 없던 자세였다.

*

그날은 아침부터 비가 왔다.

창문을 때리는 빗소리에 내려가보니 휴게실 천장에 걸린 코코넛 껍질들이 네모난 입으로 물을 콸콸 토하고 있었다. 빗물의 무게를 감당하지 못하고 아래로 당겨진 입과 부릅뜬 눈의 대비가 섬뜩했다. 우천 시 아래 장소에서 진행합니다. 휴대폰을 열어 주최 측이 보내온 구글 맵 링크를 한 번 더 확인했다. 여기까지 와서 자연의 물소리가 주는 현장성을 경험하지 못하는 것은 안타까웠지만 한편으론 오히려 잘됐다 싶었다. 동적 명상은 장소가 실내일 경우 조명을 모두 끄고 진행하는 것이 원칙이다. 그런 환경이라면 누구도 의식하지 않고 온전히 나 자신에게 몰입할 수 있을 것 같았다. 그래, 어둠 속에서라면. 나는 떨어지는 빗방울을 보며 생각했다. 그리고 내가 이 시간을 아주 오래, 맹렬히 기다려왔다는 사실을 깨달았다.

그날 저녁 도로는 종일 내린 비로 완전히 물에 잠긴 상태였다. 다행히 요가원이 숙소에서 걸어갈 수 있는 거리에 있어 우리는 우비 차림으로 숙소를 나섰다. 해가 지기 전인데도 날이 흐려 거리가 어둑했다.

강보라

나는 어깨 한쪽에 요가 매트를 메고 발목까지 오는 물을 찰박거리며 앞으로 나아갔다. 이제 좀 그쳤나 싶을 때마다 굵은 빗방울이 후드득 떨어졌다. 워크숍 예정 시간보다 30분 일찍 도착했음에도 요가원 입구 에는 앞서 도착한 스쿠터들이 줄줄이 세워져 있었다.

우리와 함께 요가원에 들어선 외국인들이 저마 다 '골저스'를 연발했다. 천장이 높은 건물 창밖으로 무성한 열대의 원시림—그러나 실제로는 조경사가 정성껏 다듬었을—이 그림처럼 걸려 있었다. 빗살 이 거세질 때마다 갈래갈래 찢어진 야자수잎들이 춤 추듯 흔들리며 물줄기를 쏟아냈다. 호경이 티켓을 구 입할 때만 해도 돌아가고 싶어 하는 기색이 역력했던 송기호가 그 풍경에 상기된 얼굴로 카메라를 들었다. 비에 젖은 머리를 털며 들어온 사람들이 하나둘 매트 를 깔고 요가 자세로 몸을 풀었다. 나처럼 수건에 매 트까지 챙겨 온 사람도 있었고 오 반장네처럼 일행을 따라 호기심에 찾아온 듯한 사람도 있었다.

잠시 후 칼로 자른 것처럼 반듯한 단발머리에 화 려한 요가복을 입은 백인 여자가 앞으로 나와 마이크 를 잡았다. 여자가 합장하며 허리를 숙이자 참가자 들 사이에서 열띤 박수와 환호가 쏟아져 나왔다. 다소 사무적인 태도로 짧게 자기소개를 마친 애나 패서디나가 곧장 본론으로 진입해 패서디나 요가의 동적 명상이 갖는 의의에 대해 설명했다. 이 수련의 목적은 흐르는 물처럼 자유롭게 몸을 움직이는 과정을 통해 내면의 확장을 경험하는 것이다. 단체 명상에서 가장 중요한 것은 타인의 움직임을 사심 없이 받아들이겠다는 마음가짐이다. 유튜브로 이미 여러 번 반복해 들은 이야기였다. 뒤이어 주최 측이 준비한 시연 영상을 보며 간단히 이미지 트레이닝을 하는 시간이 이어졌다. 언니. 저. 너무. 기.대.돼.요. 멀리 떨어져 앉은 호경이 입 모양으로 내게 말했다. 그 말이 내 여행을 끝끝내 망치려 드는 불길한 주문처럼 느껴졌다. 모두 자리에서 일어나세요. 애나 패서디나가 말했다. 상관없어. 어차피 내일이면 한국으로 돌아간다. 나는 매트 위에 몸을 바로 세우고 숨을 크게 몰아쉬었다.

조명이 꺼지고 사방에서 소리가 흘러나왔다. 어둠에 눈이 적응하기까지 시간이 좀 걸렸다. 바위를 타고 흐르는 계곡물 소리에 사람들이 주술에 걸린 것처럼 몸을 앞뒤로 흔들었다. 기존에 배운 요가 동작은 잊으세요. 내 몸이 이끄는 대로 자유롭게 흘러갑니다. 애나가 격려하듯 속삭였다. 내 발에 구멍이 났

강보라

다고 상상해보세요. 물의 에너지가 발끝에서 머리끝까지 올라오는 것을 느끼며 물살의 흐름을 온몸으로 의식합니다. 애나의 희끗한 단발머리가 어둠 속에서 부드럽게 흔들렸다. 오디오 사운드가 계곡물 소리에서 폭포 소리로 바뀌었다. 얌전한 계곡물이 순식간에 불어나 빠르고 험한 물살로 이어지다가 거대한 폭포가 되어 포효하듯 굴러떨어졌다. 소용돌이를 일으키며 넘실대던 물이 잔잔한 소낙비로 바뀌었다가 바닷속 깊이 흘러가 불현듯 고요해지기도 했다. 나는 착실한 모범생처럼 애나의 움직임을 따랐다. 물속에서 흔들리는 말미잘을 상상하며 팔다리를 흐느적거리고 온몸이 폭포가 된 양 제자리에서 몸을 탈탈 털었다. 그런 나 자신이 낯설고 짜릿했다. 몸이 물에 젖어 점점 부풀어 오르는 기분이었다. 옆에서 송기호와 오반장이 어색하게 몸을 움직이는 게 느껴졌다. 호경의 모습은 보이지 않았다.

잦아들었던 빗줄기가 다시 거세게 유리창을 때리기 시작했다. 어둠이 내려앉은 창밖 풍경 위로 천둥이 치고 번개가 우르릉거렸다. 인공의 물소리와 자연의 물소리가 기묘한 조화를 이루며 현장 분위기를 뜨겁게 끌어올렸다. 애나 패서디나가 철썩이는 파도 소리에 맞춰 바닥에 넘어졌다 일어나길 반복하고 있을 때 갑자기 '팍' 소리와 함께 오디오 전원이 꺼졌다. 폭우로 인한 정전이었다. 장내에 창문을 때리는 빗소리만이 요란하게 울려 퍼졌다. 어둠 속에서 스태프들이 분주하게 움직였다. 흥이 깨진 사람들이 숨을 몰아쉬며 사태가 회복되길 기다렸다.

"아오오오오오!"

난데없는 늑대 울음소리에 사람들의 시선이 앞으로 쏠렸다. 아오오오오! 늑대처럼 바닥에 엎드린 호경이 또 한 번 소리를 내지르며 고개를 하늘로 쳐들었다. 그 모습에 사람들이 웃기 시작했다. 껄껄대는 오 반장의 웃음소리도 들렸다. 유 아 브릴리언트! 백인 남자 한 명이 호경을 향해 엄지손가락을 치켜올렸다. 눈치 빠른 스태프들이 요가원에 있던 핸드팬과 젬베를 두드리며 호경의 놀이에 장단을 맞췄다. 늑대 울음소리와 타악기 소리와 빗소리가 야생적인 화음을 만들어내며 분위기를 고조시켰다. 멀리서 호경을 흐뭇하게 지켜보던 애나 패서디나가 함박웃음을 지으며 앞으로 걸어 나왔다.

"우리는 동물입니다!"

애나가 팔로 커다랗게 날갯짓을 하며 까마귀 소

강보라

리를 냈다. 시도하세요, 모든 것이 가능합니다. 애나가 매트 사이를 돌아다니며 부추겼다. 나는 젖은 땅을 기어 다니는 뱀입니다! 나는 비 오는 밀림의 사자입니다! 나는 물속을 걷는 코끼리입니다! 화가 아주 많이 난 코끼리입니다! 애나의 외침에 고양된 사람들이 저마다 동물 흉내를 내며 괴상한 소리를 내질렀다. 바닥에 드러눕고 제자리에서 빙글빙글 돌고 자리에서 벗어나 다른 사람의 매트를 마구 짓밟았다. 나는 무아지경에 빠진 사람들을 더듬거리며 눈으로 호경을 좇았다. 호경은 굿판을 벌이는 무당처럼 타악기 소리에 맞춰 장내를 휘젓고 있었다. 이제 막 자신의 초능력을 인지한 사람처럼 경외감에 찬 얼굴이었다. 눈앞이 어지러웠다. 타악기 소리가 가슴을 쿵쿵 두드렸다. 나를 발견한 호경이 땀에 젖은 얼굴로 내게 다가왔다. 머리를 빙빙 돌리고, 망설임 없이 이를 드러내고, 어린애처럼 엉덩이를 흔들고, 몸을 사리지 않고, 추하게, 옆에 있는 사람을 향해 컹컹 짖고 혼자 데굴데굴 구르다가 덮치듯 내게 몸을 무너뜨렸다. 나는 호경의 밑에 깔린 채 웃기 시작했다. 가슴을 들썩이며 온 힘을 다해 웃기 시작했다. 타악기 연주가 절정을 향해 치달았다.

*

송기호로부터 연락이 왔을 때 나는 현오의 출판사가 아닌 다른 출판사에서 두번째 책 계약을 막 마친 참이었다. 첫번째 책이 출간 2주 만에 2쇄를 찍는 등 잔잔한 성공을 거둔 덕이었다.

송기호는 말줄임표가 가득한 문자로 우리 사이의 문을 조심스레 두드렸다. 뭔가를 바라고 연락하는 것이 아니니 오해 없었으면 좋겠다고, 커피도 좋고 술도 좋으니 바쁘지 않다면 홍대 근처에서 한번 보자고, 내가 일러준 작가들 사진도 인터넷에서 다 찾아보았다며 마틴 파와 다이앤 아버스는 좋았지만 필립 퍼키스는 잘 모르겠더라는 감상도 덧붙였다. 그러나 이틀 전 귀국해 이런저런 볼일을 마치고 이제 막 본가에 짐을 풀었다는 송기호의 말에서는 어쩔 수 없는 조급함이 느껴졌고, 그의 메신저 프로필은 여전히 우붓의 풍경에 붙박여 있었다. 사진을 눌러 다이빙하는 원주민 소년을 확인한 순간 정신이 아득해졌다. 술김에 보낸 문자를 다음 날 맑은 정신으로 다시 읽은 기분이었다. 나는 안 그래도 안부가 궁금하던 참이었다고, 기호 씨는 뭘 해도 잘할 테니 너무 걱정 말라고,

강보라

지금은 내가 조금 바쁘니 긴 얘기는 나중에 만나서 하자고 답했다. 최대한 사려 깊고 친근하게, 하지만 그가 다시 내게 연락할 수 없을 만큼은 분명하게 선을 그으면서.

몇 시간 뒤 그는 '참, 반장 형도 비자 문제로 조만간 한국 올 것 같아요'라고 소심하게 덧붙였다. 나는 답문 대신 화들짝 놀란 표정의 토끼 이모티콘을 전송했다. 그게 송기호와의 마지막 대화였다.

마흔 이후의 삶은 내리막길을 달리는 스쿠터처럼 무서운 가속도로 우리를 흔들었다. 현오와 나는 어리둥절한 얼굴로 서로를 꼭 붙들었다. 모든 것이 전보다 쉽지 않았다. 중심에 속하기 위해 안간힘을 써야 했다. 예상을 벗어난 결과 앞에서 평정을 가장하는 일이 늘어났다. 우리는 각자의 영역에서 작은 실패를 맛보고 작은 성공으로 그것을 갈음하길 거듭하며 나이에 어울리는 포기와 체념을 얼굴에 새겼다. 심사숙고 끝에 입양한 고양이 한 마리와 맛있는 음식, 질 좋은 스피커로 듣는 클래식 음악이 뜻밖의 위안이 되었다.

위안?

사회적 명성을 얻은 사람들을 끌어내리고 홈집 내는 것은 여전히 우리만의 은밀한 놀이로 남아 있지만, 그것은 이제 일시적인 위안 이상의 효과를 거두지 못한다. 요즘은 대화 중에 그와 내 역할이 완전히 전도된 느낌을 받기도 한다.

우리는 곧 남산 근처에 있는 맨션으로 이사할 예정이다. 현오의 어머니가 훗날 자식 간에 다툼이 생길 것을 염려해 유산 일부를 미리 증여한 덕택이다. 현오와 나는 이제 정말 '사실상' 부부다. 우리는 공동 명의로 된 신용카드를 쓰고, 같은 정당을 지지한다. 서로의 가족 행사에 참여하고, 돌아오는 차 안에서 크게 다툰다. 그의 친구는 곧 나의 친구이고, 그들의 작업을 응원하는 것은—장기적으로 봤을 때—우리의 밥벌이를 유지하는 데 도움이 된다. 지난 토요일 우리가 후암동에 있는 미술관을 찾은 것도 현오의 대학 동기인 H작가의 작업을 보기 위해서였다.

장소는 본관 건물 지하에 있는 50석 규모의 작은 극장이었다. 미술관에서 운영하는 극장답게 현대미술 작가들의 비디오아트와 실험적 다큐멘터리를 주로 상영하는 곳이었다. 우리는 이사하면 앞으로 여기 자주 오게 될 것 같다는 말을 주고받으며 엘리베이터

내부에 붙은 안내문을 훑었다. '일시적인 유동: 관객 실험'. 그게 H가 참여한 프로그램 제목이었다.

'관객 실험'이라는 부제가 불러일으키는 호기심 때문인지 극장에는 예상보다 많은 관객이 앉아 있었다. 빈자리가 거의 없어 우리는 비상구와 가까운 맨 앞줄 끝에 자리 잡았다. 불이 꺼지고 창작자와 관객의 관계성을 다루는 30분 내외의 영상 세 편이 연달아 상영되었다. 작가 본인이 재래시장에서 상인들의 이름을 호명하는 퍼포먼스를 담은 H의 작품은 영리하긴 했지만 어쩐지 뒷맛이 찝찝했다. 다섯 명의 작가와 다섯 명의 관객이 민주주의와 미술에 대해 집단 토론을 벌이는 두번째 작품은 형식 자체는 흥미로웠으나 패널 구성이 편향적이고 정치색이 짙어 거부감이 들었다. 마지막 작품은 독일 안무가 피나 바우슈에 대한 식상한 오마주였지만 편집이 날렵하고 출연진이 놀랄 만큼 매력적이어서 보는 내내 눈을 떼기 어려웠다. 춤과 무관한 일반인 참가자들과 프로 무용수들이 일시적인 공동체를 이뤄 함께 무대를 준비하는 모습에 관객들이 허리를 바로 세우는 게 느껴졌다.

상영이 끝나고, 프로그램 취지에 맞게 '관객과의 대화' 시간이 이어졌다. 무채색 옷을 입은 남자 감독

들 가운데 컬러풀한 차림의 여자 감독이 시선을 끌었다. 숱 많은 머리를 하나로 굵게 땋고 연보라색 슬립 드레스를 입은 여자는 시상식에 참석한 배우처럼 단정한 블랙 재킷을 어깨에 살짝 걸치고 있었다. 안무가이자 무용수로 자신을 소개한 그녀는 유명 영화감독인 아버지의 영향으로 어려서부터 영상 작업에 관심이 많았으며—아버지의 이름을 말할 때 여자는 그것이 특권이라는 걸 자기도 잘 알고 있다는 듯 민망한 웃음을 지어 보였다—팬데믹 시대에 관객과의 소통을 고민하던 중 극장 측의 제안을 받아 이번 영상을 기획하게 됐다고 설명했다. 여자의 말이 끝나기 무섭게 H가 손을 들어 마이크를 받았다. H는 여자의 작품에 나오는 강강술래 장면을 언급하며 자신에게는 그것이 관객과의 소통을 희구하는 일종의 주술적 제의처럼 느껴졌다고 말했다. 서로 손을 맞잡고 빙글빙글 돌던 일반인과 무용수 들이 원심력을 이기지 못해 난폭하게 떨어져 나갔다가 다시 손을 잡기를 반복하는 장면을 두고 한 말이었다. 질문인지 의견인지 모를 H의 말에 현오가 저 자식 여자한테 사심 있네, 하고 쿡 웃었다. 여자는 H의 말에 공감을 표하면서도 강강술래처럼 보이는 그 춤은 사실 고대 부족사회에서 흔히 볼 수 있는 원무圓舞이며, 이를 통해 자신이 보여주려 한 것은 소통의 가능성보다 오히려 그것의 불가능성에 가까운 것 같다고 부연했다. 여자의 말을 듣는 동안 나는 내 인생의 작은 모험 정도로 치부해왔던 그 시간이 여자에게는 그보다 더 축소된, 작은 모험의 전주곡에 불과했다는 사실을 깨달았다. 알 수 없는 무력감에 젖어 내가 극장 의자에 몸을 파묻었을 때 현오가 귓속말로 "그래도 저 여자는 자기가 무슨 말을 하는지 알고 있는 것 같다"고 짧게 평했다. 옷차림이나 태도로 시선 끄는 작가를 좋아하지 않는 그로서는 매우 이례적인 평이었다.

질의응답 시간이 왔을 때 나는 서호경 작가에게 물었다.

아까 강강술래 장면 말인데요. 관객도, 무용수도 결국 작가님이 만든 규칙 안에서 움직인 것 아닌가요?

여자가 땋은 머리끝을 만지작거리며 눈을 굴리더니 음, 이번 프로그램 제목과도 연결 지어 말할 수 있겠네요, 하고 운을 뗐다. 그리고 마스크 쓴 내 얼굴을 무심히 바라보며 대답했다. 서로 무언가를 주고받는 과정에서 우리 안의 농도가 달라지는 것을 느끼는 것, 그 일시적인 감흥이 우리가 도달할 수 있는 최선 아니겠느냐고.

*

탁자 위에 양배추 한 통이 놓여 있다. 겉잎 가장
자리가 메말라 시든, 시장에서 흔히 볼 수 있는 연녹
색 양배추다. 그리고 뱀. 손가락으로 들어 올릴 수 있
을 정도로 조그만 뱀이 양배추 옆에 죽은 듯이 누워
있다. 탁자 위에 놓인 양배추와 그 옆에 있는 뱀. 그림
속에 있는 건 그게 전부다.

극장에 다녀온 날 저녁, 나는 이사 전에 버리려고
베란다에 쌓아둔 물건들 사이에서 이 그림을 찾아냈
다. 손바닥만 한 캔버스에 유화물감으로 그린 조악한
정물화. 오래전에 호경이 내게 준 그것을 베란다에
서서 한참 들여다보았다. 새하얀 캄보자꽃과 원숭이,
노을에 물든 논밭 같은 상투적인 그림들을 제쳐두고
그 애가 굳이 골라 내게 선물한 것. 아무런 맥락이 느
껴지지 않는, 텅 빈, 이해 불가능한 어떤 것. 그림을
받았을 때 아연함보다 불쾌감이 앞섰던 이유를 나는
이제 조금 알 것 같다.

누군가 그 작은 모험에 대해 묻는다면 나는 (그

래도) 즐거웠다고 말할 것이다. 그리고 내가 가장 좋아하는 사진 한 장을 보여줄 것이다. 흑백에 콘트라스트를 강하게 넣은 그 사진 속에서 호경과 나는 양팔을 하늘로 쳐들고 활짝 웃는 얼굴이다. 번개가 치고 천둥이 우르릉거리면 그것은 네거티브필름처럼 변한다. 검은 부분이 하얘지고 하얀 부분이 검어진다. 검은 얼굴의 우리를 태우고 강물을 가르는 흰 코끼리. 화면 가득 하얗게 발광하는 그것은 게스트 하우스 마당에 있던 기괴하게 큰 코끼리 조각상을 떠오르게 한다.

인터뷰   강보라×최선교

최선교 「뱀과 양배추가 있는 풍경」을 무척 즐겁게 몰입해서 읽은지라 이렇게나마 제 궁금증을 전할 수 있는 기회가 생겨 기쁩니다. 2021년 『한국일보』 신춘문예 당선작 「티니안에서」로 작품 활동을 시작하셨어요. 데뷔 이후 어떻게 지내셨는지 궁금합니다.

　강보라 제가 쓴 이야기에 대해 말할 수 있는 기회가 생겨 저 또한 무척 기쁘고, 그 형식이 혼자 떠드는 글이 아닌 인터뷰여서 일단 마음이 놓입니다. 저는 기자로서 특정 인물을 인터뷰하는 일을 오래 해왔는데요. 제가 진행하는 인터뷰가 테이블에서 가볍게 공을 주고받는 탁구라면, 평론가님이 준비하신 질문은 인터뷰이를 힘껏 북돋우기 위해 설계된 트램펄린 같은 게 아닐까 합니다. 이렇듯 크고 성능 좋은 트램펄린을 독점하기는 처음이라 설레기도 하고 약간 긴장도 됩니다. 어차피 멋지게 텀블링할 재주는 없으니 보는 사람 지루하지 않게 부지런히 구르고 엎어져보겠습니다. 간혹 답변이 엉뚱한 데로 튀어도 웃어넘겨주세요. 트램펄린의 재미란 본래 그런 것이니까요.
　등단하고 얼마 지나지 않아 패션 잡지에서 입사 제안이 왔습니다. 프리랜서로 살면서 통장 잔고가 소설 쓰기에 미치는 (악)영향을 살 떨리게 체감한 터라, 고정 수입이 작업에 도움이 될 것 같다는 판단하에 원래 하던 일로 돌아가게 되었어요. 유행이거나 유행일 것들을 살펴보고 배우와 아이돌 멤버들을 인터뷰하며 다섯 번의 계절을 보냈습니다. 업무 강도가 예상했던 것보다 훨씬 세서 작업할 시간을 마련하기가 쉽지 않았어요. 늦된 신인에게 찾아온 소중한 기회들을 허무하게 흘려보내는 동안 '과제' 폴더에 쓰다 만 소설이 쌓여갔습니다(폴더 이름이 왜 저 모양인가 생각해봤는데 습작 시절에 붙인 걸 여태 안 고친 것 같아요). 이대로는 안 되겠다 싶어 사표를 내고 두 달 동안 창덕궁이 보이는 카페에서 커피와 에이드를 마시며 「뱀과 양배추가 있는 풍경」을 썼습니다.

최선교 이번 소설의 배경은 발리섬의 우붓이라는 지역인데요. 「티니안에서」도 그랬지만, 이야기가 진행되는 배경과 사건 사이에서 강한 연관이 느껴집니다. 특히 이번 소설의 배경인 "발리에는 아직 희미하게나마 카스트 제도가 유지되고 있어 계급마다 사용하는 언어가 조금씩 다르다"는 내용이 등장하기도 하죠. 소설 속에서 소위 '문화

엘리트'인 '나'가 다른 사람들의 취향을 두고 '(계)급 나누는' 일을 무의식적으로 계속한다는 점과 맞닿아 있는 설정인 듯합니다. 게다가 '나'가 여행을 자주 다니던 이유는 '그 장소에서만' 가능한 경험을 중요하게 생각하기 때문이기도 합니다. 반면 요가 구루 '애나 패서디나'는 "중요한 것은 장소가 아닌 마음가짐"이라 말하죠. 이렇게 소설 속 사건과 인물 들은 각자만의 공간 개념과 가깝게 닿아 있는데요. 작가님의 소설 속에서 (혹은 일상에서라도) 사건과 인물에게 공간이 갖는 힘은 무엇일까요?

강보라 예전에 경기도 화성에 있는 판화 작가의 작업실을 취재한 적이 있는데요. 40년 된 구옥을 고쳐 쓰는 분이었는데 "주택 전체가 꼭 살아 있는 생물 같다"라고 하시더라고요. 벽이 갈라지고 수도관이 터질 때마다 집이 아프다고 꽥 소리를 지르는 느낌이라고요. 제가 공간을 인식하는 감각도 그와 비슷한 듯합니다. 집이나 땅을 눈에 보이지 않는 하나의 생물로 인식하는 거죠. 일종의 유령처럼요. 이 유령은 소설에서 알게 모르게 영향력을 행사합니다. 오래된 저택에 숨어 사는 한 많은 귀신처럼 새로운 거주자들 주변을 맴돌며 그들의 일상을 교묘하게 파고듭니다. 때로는 인물을 뜻밖에 환한 곳으로 이끌기도 합니다. 「티니안에서」의 티니안이 그런 경우라고 할 수 있습니다.

작업 과정과 연결해서 이야기하면, 처음부터 분명한 의도를 가지고 공간을 설정하지는 않습니다. 솔직히 말하면 약간 무책임할 정도로 랜덤하게 결정하는 것 같아요. 아직 긴 호흡의 소설을 써보지 않아 부릴 수 있는 만용인 듯합니다. 우붓도 상당히 즉흥적인 결정이었습니다. 오래전에 우붓으로 출장 간 적이 있는데 그때 사파리 리조트에서 본 코끼리가 기억에 남아서요. 새벽에 자다 깼는데, 우리 밖으로 나온 코끼리가 베란다 옆을 어슬렁대고 있더라고요. 처음에는 깜깜한 밤에 리조트를 걸어 다니는 코끼리에 대해 쓰고 싶다는 단순한 마음에서 출발했습니다. 결국 그 장면은 나오지 않았지만요. 아무튼 그렇게 공간이 정해지면 비 오는 날 놀이터에서 흙장난하는 아이처럼 제멋대로 굴을 파고 물길을 냅니다. 배경이 실재하는 땅일 경우 그 땅의 토질, 즉 역사성이 굴의 구조에 자연스럽게 영향을 미칩니다. 이때 역사는 앞뒤가 맞지 않을수록 좋은 것 같아요. 아이러니로 가득한 굴에 인물을 던져놓으면 예상치 못한 방향으로 길이 뚫리고 여기저기서 맥락이 발생합니다. 평론가님이 말씀하신 공간의 힘이라고도 볼 수 있겠습니다. 발리에도 그런 힘이 있었습니다. 평화로운 사회처럼 보이지만 꼭 그렇지만은 않은 공간이 가진 의외성이 이야기에 레이어를 더했습니다. 하지만 이것은 어디까지나 사후적으로 찾아온 효과입니다. 카스트 제도에 대한 정보 역시 소설을 쓰면서 알게 되었습니다. 원래는 그에 대한 좀더 긴 설명이 있었습니다만 '오 반장'의 분량을 덜어내는 과정에서 지워졌습니다. 소설에서 '오 반장'의 사정이 충분히 드러나지 않은 것 같아요. 내내 오해만 받다가 퇴장한 것 같아 무척 미안한 마음입니다. 나중에 다른 작품에서 온전한 이름을 가진 인물로 다시 만나면 좋겠습니다.

최선교 '나'와 '현오'가 타인을 평가하고 분류하는 놀이를 즐길 수 있는 이유는 이들이 문화적·경제적 특권을 누리는 계급이기 때문이라고 생각합니다. 취향에도 그들의 계급이 어느 정도 반영되어 있으니까요. 그런데 '나'는 여행지에서 자신의 '나이 많은 상태'를 과도하게 의식하는 모습을 보이기도 합니다. 어찌 보면 '나이'는 '나'가 유일하게 특권적 위치를 차지할 수 없는 부분인데요. 그런 점에서 나이가 많지만, 젊은이들과 스스럼없이 어울리는 '오 반장'은 '나'에게 있어 특히 묘한 인물이 되는 것 같습니다. '나'가 '오 반장'과 동급으로 취급되는 것을 극도로 싫어하는 장면에서 일종의 양가감정이 느껴지기도 했는데요. '나'는 더 이상 어리다는 이유로 호의를 누리지 못하게 된 상황에 적응하는 법을 알지 못하기 때문에, '오 반장 같은 캐릭터가 되거나' 아니면 '그냥 소외되거나'의 두 가지 선택지밖에 없는 것처럼 보입니다. '오 반장'을 향한 멸시에는 젊은 여행자들과 어울리거나 무조건적인 호의를 누리고 싶은 '나'의 욕망이 은연중에 숨겨져 있다고도 볼 수 있을까요?

강보라 초반부터 대망의 트램펄린 묘기를 선보이게 되었네요. 엉뚱한 소리를 늘어놓자면 우선 소설의 배경이 발리인 것은 열대기후, 즉 여름이라는 시간성을 제가 무의식중에 생각해서인 듯합니다. 계절을 나이에 비유하면 여름은 청년기라고 할 수 있죠. 그러니까 우붓은 '나'가 상투적인 삶으로 넘어가기 직전, 갈팡질팡하는 자아를 수습할 수 있는 마지막 장소라고 볼 수 있습니다. 그만큼 만만치 않은 여행이

어야 했고요. 소설의 시작에서 '나'는 '현오'로 요약되는 세계에 서서히 닻을 내리고 있습니다. 그런 '나'의 앞에 닻줄을 풀어야만, 다시 말해 알량한 특권 의식을 내려놓아야만 가닿을 수 있는 미지의 세계가 아른거립니다. 처음에 '나'는 닻을 포기하지 않고 심지어 '현오'와의 통화를 통해 닻이 얼마나 잘 고정되어 있는지 확인하려 들기까지 합니다. 자신이 꿈꾸던 해방과 그것의 구체적인 모습이 어긋나 있기 때문이라고 생각하는데요. 그 어긋난 구체 중 하나가 '오 반장'인 셈입니다. '나'가 '오 반장'에게 양가감정을 느낀 건 그런 이유라고 생각합니다. 닻을 내릴지 말지 망설이게 만드는 인물인 거죠. 여기에 장애물을 하나 추가하는 마음으로 '나'의 나이를 설정했습니다. 젊지도 늙지도 않은 여자라는 정체성은 실제로 사회에서 많은 경우 장애물로 작용하니까요. 돌이켜보면 작품의 배경을 여행지로 설정한 데도 비슷한 이유가 있었던 것 같습니다. 여행지에서는 예기치 못한 상황을 맞닥뜨리기 마련인데 그럴 때 사람들에게서 평소와는 조금 다른 인격이 나오곤 하잖아요. 갑자기 관대해지고, 괜히 쓸데없는 거짓말도 하게 되고요. 각자의 패를 들고 한자리에 모인 여행자들이 가진 패를 들키고, 남의 패를 훔쳐보고, 한바탕 판을 엎는 과정 속에서 '나'가 쩔쩔 매는 모습이 좀 보고 싶었던 것 같습니다.

최선교 다음으로는 '호경'의 이야기입니다. 후반부에서 '호경'의 정체가 밝혀지기 때문에, 자칫 '나'에게 어떤 깨달음을 주기 위해서 선지자처럼 등장하는 평면적 인물로 읽힐 수도 있습니다. 하지만 제가 보기에 '나'가 던진 질문("관객도, 무용수도 결국 작가님이 만든 규칙 안에서 움직인 것 아닌가요?")과 '호경'의 답변("그 일시적인 감흥이 우리가 도달할 수 있는 최선 아니겠느냐고")은 어느 한쪽이 이 작품을 지배하는 메시지가 아니라, 둘이 짝을 이루어 계속 공명하는 것 같았습니다. 따라서 특권 계급인 '호경' 역시 '나'가 하는 고민에서 자유로울 수 없는 모순된 인물인 것이죠. 소설을 마무리하신 단계에서 조금 더 무게를 느끼고 계신 쪽은 '나'의 질문인지, 아니면 '호경'의 대답인지 궁금했습니다.

강보라 '둘이 짝을 이루어 계속 공명한다'라는 표현이 흥미롭습니다. 실에 매달린 여러 개의 쇠구슬이 좌우로 왕복하며 서로를 공평하게 튕겨내는 장난감도 떠오르고요. 처음에는 의식하지 못했지만, 중반부터는 '나'와 '호경'을 일종의 '더블' 캐릭터라고 생각하고 썼습니다. 보통 이야기에서 '더블'은 『프랑켄슈타인』처럼 개인의 양면성을 보여주는 장치로 활용되지만 저의 경우 그보다는 고만고만해 보이는 계급 간의 미묘한 차이를 보여주는 용도에 더 가까웠던 것 같습니다. 일단 '나'와 '호경'은 삶의 터전이 단단하다는 공통점이 있습니다. 소설에서 명확하게 드러나진 않지만, 돌아갈 곳이 마땅찮아 보이는 '송기호'나 '오 반장'과 달리 그들에게는 비교적 확실한 안전망이 존재하는 느낌입니다. 그런데 가만 보면 '나'와 '호경' 사이에도 미묘한 차이가 있습니다. 그 차이에 대해서는 '나'가 단기 여행자이고 '호경'이 장기 여행자라는 점을 주목해주시면 좋겠습니다. 다시 말해 '나'보다 더 오래, 더 과감하게 일탈할 수 있는 인물이 '호경'입니다. 삶의 터전이 단단할수록 더 큰 리스크를 감수할 기회가 주어진다는 것. 그것이 모순으로 느껴졌고 일탈마저 특권이라는 생각을 하게 되었습니다. 이 새삼스러운 이야기를 새삼스럽지 않게 풀어내는 것이 어쩌면 저의 이번 '과제'였던 것 같기도 합니다.

우붓에서 '나'와 '호경'은 비슷한 고민을 안고 있는 상태로 만났다고 생각해요. 가능한 선에서 제각각 일탈을 감행하며 자신의 특권 의식을 꾸준히 '의식'한다는 점에서요. 둘은 앞서 말한 뉴턴의 쇠구슬처럼 서로를 딱딱 튕겨내는데, 이것은 우붓에서의 시간이 양쪽 모두에게 매우 사적인 일탈이어서가 아닐까 싶습니다. 두 사람은 숙소에서 마주친 순간부터 서로의 프라이버시를 끊임없이 침해할 운명이었던 거죠.

소설을 쓰는 동안 진은영 시인의「물속에서」라는 시를 노트북 옆에 붙여놓았는데요. 물속에서 누군가를 기다리는 화자가 등장하는 첫번째 연을 각별히 자주 들여다보았습니다. 한 시절 나를 거쳐 간 사람과 장면과 감정 들을 어사무사하게 떠올리면서요. 여행을 마친 '호경'에게도 그런 시간이 찾아왔을 거라 생각해요. 내가 모르는 일들이 흘러와서 내가 아는 일들로 흘러가는, 일시적인 감흥의 시간이요. 그 찰나의 진동이 끊길 듯 말 듯 이어지길 바라는 마음으로 '호경'의 대사를 썼습니다. 동시에 '나'의 질문을 통해 '호경'의 일탈이 지나치게 계획적이고 안전하다는 것도 지적하고 싶었던 것 같아요. 물살의 흐름은 웬만해선 바뀌지 않으니까요. 그러니까 어느 한쪽에 무게를 싣기보다 두 사람의 대화가 오가는 순간 발생한 찌르르한 진동에 손끝을 살짝 갖다 대는 기분으로 소설을 마무리했던 것 같습니다.

최선교 '나'가 '호경'에게 그림을 선물 받은 순간 불쾌함을 느꼈던 이유는, 아마 자신이 역으로 타인에 의해 어떠한 부류로 판단된 동시에 숨기고 싶어 했던 빈약한 자아를 들켜버렸기 때문이겠죠. 그런데 극장에서 '호경'의 정체를 알고 난 직후 '나'가 그 여행을 즐거웠다고 회상하는 까닭은 무엇일까요?

강보라 마지막 문단의 '즐거웠다'는 표현은 쓸쓸한 자조일 수도, 뒤늦게 찾아온 동지 의식에서 비롯한 말일 수도 있습니다. 어쩌면 우붓에서의 시간이 '나'에게 새로운 의미를 띠게 되었다는 뜻일지도요. 중요한 것은 사진에 담긴 장면이 과거라는 사실입니다. 사진이 흑백이라는 점을 강조한 건 그런 이유이기도 합니다. 앞으로는 '나'가 컬러풀한 세상으로 나아갔으면 합니다. 나와 다른 타인을 수용하고 환대하는 것이 그의 새로운 놀이가 되었으면 좋겠습니다.

최선교 소설에서는 고급 취향을 누리는 '나'의 빈약한 자아가 지속적으로 드러나기 때문에, 의도적으로 '고급'의 개념이 심판대에 오르는 듯합니다. 마치 '고급문화'라는 것 자체가 '대중문화'와 비교를 하지 않고서는 스스로 존재할 수조차 없는 허구의 개념처럼 느껴지기도 하고요. '나'와 '현오'가 하는 놀이 역시 누군가를 멸시하지 않고서는 자신들의 취향을 온전히 주장할 수 없기 때문이 아니었을까 싶습니다. 이와 관련해 하고 싶으셨던 작가님의 남은 이야기가 궁금합니다.

강보라 앞서 간단히 말씀드린 내용을 부연하자면, 저는 패션 잡지의 피처 에디터로 이른바 '라이프 스타일'이라 불리는 시장의 고급문화를 전하는 일을 오래 해왔는데요. 자본의 흐름이 고급문화에서 대중문화로 이동하고 기존의 질서가 전복되면서 달라진 업계 환경에 빠르게 적응해야 했습니다. 마치 환자가 체질을 개선하듯이요. 이렇듯 양쪽 문화를 왔다 갔다 하면서 다양한 선민의식을 목격했고 그 과정에서 전에 없던 거리 감각이 생긴 것 같아요. 누가 고급이고 속물이고를 떠나, 이들 문화 자본이 눈에 보이지 않는 상하 관계를 만들어내는 현상 자체에 관심이 기울었다고 할까요? 부르디외가 일찍이 지적한 사안이고, 다소 낡은 주제일 수 있지만, 오늘날 문화 자본이 만들어내는 사회적 계급과 신분은 전보다 훨씬 복잡한 형태로 분화하고 있다고 봅니다. 고급문화와 대중문화의 경계가 흐려지면서 계급 간 갈등이 그만큼 더 은밀해졌다는 느낌도 받고요. 제게는 이것이 인종 차별이나 약자혐오 같은 이슈만큼이나 무겁게 다가와요. 내가 어떤 음식을 먹는지, 어떤 음악을 듣는지, 어떤 영화를 보는지가 계급을 구분하는 중요한 근거가 되기도 한다는 사실이요. 정말 무섭지 않나요?

최선교 아쉽지만 마지막 질문이네요. 요즘 들어 특정한 인간 군상을 캐릭터화하는 개그 콘텐츠들이 늘어나고 있죠. '홍대 힙스터'나 '신도시 부부'처럼요. '나'가 타인을 이해하는 과정을 보며 그런 콘텐츠들이 떠올랐습니다. 스테레오타입으로 타인을 평가하는 것은 윤리적 차원의 문제가 되지 않는 선에서 인간의 원초적 본능이라고 말해 볼 수도 있을까요. 한편, 타인을 특정한 부류로 묶어서 판단하는 일은 타인을 너무 납작하게 만들어 버리는 방식이라고도 느껴집니다. 게다가 대상화는 그것을 가장 모르는 사람들에 의해서 쉽게 이루어지기도 하니까요. 다른 사람을 이해하는 과정에서 소설 속 '나'가 취하는 방식에 관한 작가님의 개인적인 생각을 청해 듣고, 향후 집필 계획까지 물으며 질문을 닫겠습니다.

강보라 말씀하신 개그 콘텐츠들은 맥락을 아는 사람만 웃을 수 있는 '인사이드 조크'의 영역이라고 보는데요. 보통 음지에서 오가는 이런 농담을 수면 위로 끌어올리는 행위 자체가 나와 같은 생각을 가진 '내 편'을 끌어모음으로써 내가 속한 집단의 영향력을 확인하고 싶어 하는 인간의 본능과 연결되어 있는 듯합니다. 같은 걸 보고 웃는다는 건 같은 편이라는 뜻이기도 하니까요. '나'가 타인을 이해하는 방식과도 당연히 무관하지 않은 이야기이겠고요.

개인적으로 개그우먼 강유미 씨의 유튜브 콘텐츠를 애정을 가지고 지켜보고 있는데요. 특정 직종의 사람들을 스테레오타입으로 재현하고 있지만 보면서 불편함이나 불쾌감을 느낀 적은 거의 없어요. 누군가를 납작하게 만들었다는 생각도 들지 않고요. 아마 그 재현이 타인에 대한 최소한의 예의와 사려 깊은 관찰을 바탕으로 하고 있어 그런 것 같습니다. 결국 태도의 문제겠죠. 문득 강유미 씨가 '오 반장'을 재현해주셔도 재밌겠다는 생각이 드네요. 귀 밑에 구레나룻을 잔뜩 붙이고요. 소설 속 '나'가 다른 사람을 이해하는 방식에 대한 제 생각은 다른 답변에서 충분히 설명이 된 것 같습니다. 트램펄린을 너무 오래 염치없이 즐겼네요. 저는 아직도 제가 쓴 이야기를 누군가 읽는다는 사실이 기적처럼 느껴집니다. 원 없이 뛰어서 행복했고, 진심으로 감사했습니다.

다음 소설은 『문학동네』 여름호에 발표 예정이고요. 늘 그렇듯 마감 전날 펑크 내는 악몽에 시달리며 매일 조금씩 쓰고 있습니다. 들판을 달리는 말이 나올 것 같아요.

오늘 할 일

김나현

2021년 자음과모음 신인문학상을 통해 작품 활동을 시작했다.
장편소설 『휴먼의 근사치』가 있다.

우리 부부는 식탁에 마주 앉았다. 그 식탁은 결혼할 때 장만한 것으로 지난해 아파트로 이사를 오면서 한쪽 모서리가 어딘가에 긁혀 약간 패어 있었다. 선일은 식탁 모서리를 잠시 바라보다가 앞에 놓인 파란색 양장 다이어리를 펼치고, 볼록한 표면을 손바닥으로 꾹 눌렀다. 그는 몇 초간 생각하더니 납작해진 종이에 무언가 적었다. 맨 윗줄에 '원고지 30매' 그다음 '3킬로미터 달리기' 마지막은 '장보기'라고 썼다.

특별할 것은 없어 보였다. 그러고 보니 평범한 계획이라도 반드시 필요한 법이라 말해준 사람은 선일이었다. 요즘 선일은 그런 말을 하지 않았다. 불과 몇 달 만에 그는 다른 사람이 된 것 같았다. 마치 숙제 검사하듯 선일이 쓴 다이어리를 확인하고 내 것도 보여주었다. 나의 계획은 대단하지 않았다. 출근길에 책을 읽는 것, 바닐라라테를 마시는 것, 그리고 일을 맡아줄 업체를 찾는 것. 선일은 한참을 보더니 바닐라라테가 계획이냐고 물었다. 오전 내내 정신이 몽롱하다고 말하자 납득한 듯 고개를 끄덕였다.

선일이 다이어리를 사 온 것은 지난 연말이었다. 새해에 대한 열망으로 가득할 때였다. 두툼한 양장 다이어리는 매일 한 장씩 기입하는 구조로 날짜 밑에 해야 할 일 세 가지를 적은 후 남은 칸은 자유롭게 활용할 수 있었다. 선일은 낱장마다 세로선이 그어진 내지와 만년필로 써도 비침이 없는 종이 재질이 마음에 든다며 내 것까지 두 세트를 사 왔다.

당시 선일은 새해가 되면 맡게 될 축제팀 업무에 들떠 있었다. 소문에 따르면, 그는 제법 규모가 있는 페스티벌 업무에 배치될 예정이었다. 팀 이동에 대한 공식 발표가 있기 전이었지만 해마다 초청하는 밴드의 공연 영상을 매일 밤 찾아보았다. 미리 진행 일정을 유추하고 대략의 업무 리스트까지 적어두었다. 벌

김나현

써부터 그렇게 할 필요 있느냐 물으면 선일은 꿋꿋하게 그럴 필요가 있다면서 '계획이 있는 것과 없는 것은 하늘과 땅 차이'라고 말했다.

그해 그가 맡고 있던 문화틴틴카드의 사용 실적은 전국 열네 개 시도 중 1위를 달리고 있었다. 청소년에게 카드 형태로 문화비를 지원하는 전국 단위의 그 사업은 완료까지 한 달도 남지 않은 상황이었다. 그 안에 실적이 바뀔 변수는 보이지 않았다. 나는 선일이 내심 자랑스러웠고, 전국 일등이란 타이틀은 한 해를 계획적으로 보낸 그에게 응당한 결과라는 생각마저 들었다.

해가 바뀌어 선일이 회사를 그만둔다 했을 때, 나는 코를 얻어맞은 듯 얼굴이 얼얼했다. 주택 대출금을 다달이 갚고 있었다. 빌라 전세 계약이 끝날 즈음 재계약 대신 여섯 평을 넓혀 아파트로 이사를 가자고 말을 꺼낸 사람은 선일이었다. 그때 그가 대출 이자와 원금을 계산해 보여주었을 때 나는 손이 떨렸다. 0이 여덟 개 붙은 돈을 갚아나갈 수 있을까. "괜찮을까?" 물으니 선일은 "둘이 벌잖아"라고 답했다. 우리가 싱글이었다면 이렇게 집을 사는 일은 절대 꿈도

꾸지 못하겠지만, 둘이 벌고 있으니 해볼만 하지 않느냐고 했다. 선일의 입에서 나온 '둘이 번다'는 그 말은 인생을 한결 편하게 해주는 공식처럼 들렸다. 집을 사기 위해 우리는 신혼부부 대출을 신청해야 했으므로, 그동안 양가 부모 몰래 미뤄둔 혼인신고까지 마쳤다.

그러나 불과 1년도 지나지 않아, 둘이 번다는 그 말은 선일이 회사를 그만둠으로써 성립하지 않게 되었다. 그는 1년의 갭이어를 선언했다. 갭이어? 자신이 하던 일과 다른 분야에 도전하기 위해 준비 시간을 가진다는, 결국 1년 동안 일을 하지 않겠다는 말이었다. 짜증도 내고 회유도 해보았다. 나 역시 회사를 그만두겠다 협박도 했다. 하지만 선일은 생각을 바꾸지 않았고, 고집스럽게도 지금까지와 다른 계획이 필요하다고 주장했다.

연초가 되었을 때, 그는 소속되어 있던 청소년문화팀보다 규모가 적고 일은 고된 예술복지팀에 배치된 사실을 알았고, 며칠 고민하더니 말릴 틈도 없이 사표를 냈다.

"축제팀 아니면 어때서?"

김나현

선일은 마른 세수를 하며 고개만 저었다. 사실 축제 기획은 재단 업무 중 가장 규모가 큰 건이었다. 오랫동안 선일은 스케일이 큰 프로젝트를 맡고 싶어 했다. 승진을 염두에 두려면 내세울 만한 역량이 필요했고, 스스로도 큰 살림을 다루는 데 자신이 있어 했다. 그러나 기회는 사라지고 말았다. 나는 다른 업무에서 선일이 기회를 또 잡을 수 있을 거라고 믿었다. 하지만 그는 자신의 커리어가 결정적으로 어긋나버렸고 그것을 원래의 궤도로 되돌리기는 힘들 것 같다고 말했다. 그러면서 얼마 전 국문과 동기들을 만났는데, 그중 웹소설로 대박은 아니더라도 중박 정도난 친구가 있더라는 이야기를 꺼냈다. 그러니까 자기보다 나을 것도 없어 보였던 친구가 몇 년간 진득하게 끄적거리더니 대기업 연봉 정도를 번다고 했다.

"한번 해보려고. 열심히 할게."

"'열심히' 문제가 아니잖아."

"딱 1년이야."

결혼 후 처음으로 선일과 말이 통하지 않는다는 생각이 들었다.

"빚이 얼마인 줄 알아?"

"1년이잖아. 금방 가."

우리는 상대가 원하는 답을 하지 않으며 서로의
말을 튕겨냈다.

어쨌든 시간은 흘러 선일은 회사를 정리했고, 퇴
직 연금과 연차 보상비를 내 통장으로 이체했다. 그
것으로 우리가 갚아야 할 빚의 1년 치 할당량을 채우
라는 의미 같았다. 달리 방법이 없었으므로 선일의
생각대로 하기로 했다. 나는 그에게 회사에 다닐 때
처럼 부지런히 살아달라고 요청했다. 선일은 그때까
지 자신이 어떻게 살아왔는지 잊어버린 사람처럼 확
실한 대답 없이 뚱한 표정만 지었다. 나는 처음 샀을
때와 다름없이 깨끗한 상태로 나란히 놓여 있는 다이
어리 두 권을 책장에서 꺼내 왔다. 그것을 보자 선일
은 지난 연말에 다이어리를 산 일이 떠올라 잠시나마
모든 일이 이렇게 되기 전으로 돌아간 듯한 기분이
든다고 말했다.

*

우리는 아파트 단지에 마련된 산책로 쪽으로 향
했다. 선일은 한 바퀴가 1킬로미터 정도 된다면서, 세
바퀴를 돌고 씻은 후 곧장 글을 쓸 거라 말했다. 곧 봄

이었지만 아직 쌀쌀한 기운이 남아 있었다. 날이 따뜻해지면 산책로 중앙 분수대에서 물을 뿜어내고 그 주위로 색색의 꽃들이 피어날 것이었다. 이전에 빌라촌에 살 때는 인근에 산책 코스가 없어 방바닥에 매트를 깔고 '층간 소음 없음'이라 표기된 홈트 영상을 따라했다. 그러고 보니 이곳에 이사 오기로 마음을 굳힌 계기가 바로 이 산책로였다. 예상한 것보다 더 많은 빚을 내야 했지만 기꺼이 그렇게 했다. 가끔 저녁에 산책로에 나가 사람들 틈에 섞여 가로등이 알사탕처럼 늘어선 길을 돌고 있으면, 우리의 생활이 이곳에 속해 있다는 안도감이 들었다.

"저녁에 뭐 사 올까?"

"아무거나."

"아, 장 본다고 했지?"

"먹고 싶은 거 있으면 사 와."

선일은 단지 앞 횡단보도까지 배웅을 나왔다. 신호가 바뀌자 나는 "갈게"라고 건조한 인사를 건넸다. 뒤통수에 미지근한 시선을 느끼며 지하철역을 향해 걸어갔다. 문득 뒤를 돌아 그에게 손을 흔들어줄까 싶었지만 그렇게 하지 않았다.

출근길 책 읽기는 실패였다. 가방에 책을 챙겨 오지 않은 탓이었다. 첫번째 일은 완수하지 못했지만 업무 시작 전 회사에 도착해 1층 카페에서 바닐라라테를 샀다. 두 잔을 사서 한 잔은 옆 자리 김 대리 책상에 올려두었다. 고마워, 말하며 김 대리는 답례로 서랍에서 드립백을 꺼내 주었다.

"업체는 찾았어?"

"해준다는 곳이 없어."

"찾아질 거야. 지금까지 그랬잖아."

"내가 예외를 만들어보려고."

메일함을 열어 연락을 돌린 업체들의 회신을 확인했다. 스무 곳 중 두 곳에서 답신이 와 있었다. 거절 메시지였다. 예산도 문제였고 일정도 문제였다. 배리어 프리 상영일 전에 포스터를 배포하려면 시간이 빠듯했다. 지난 분기 사업을 진행할 때 홍보 자료를 맡긴 업체 한 곳을 찾아가봐야겠다 생각하며 명함을 찾는데 백 팀장이 나를 불렀다.

"이 대리, 나랑 면담."

그러더니 업무 노트를 옆구리에 끼고 사무실을 나갔다. 어디서 보자는 말도 없이 면담이라고 툭 던지니 재빨리 일어나 따라갈 수밖에 없었다.

김나현

점심시간 전까지 사내 카페에서 백 팀장과 면담을 했다. 그는 열정적으로 회사 구성원 사이의 유대감을 강조하며 면담의 필요성을 늘어놓았다.

"이 대리랑 나랑 요새 좀 소원하지 않아? 이러면 우리가 일하는 데 재미가 없잖아."

어째서 재미가 있어야 하는 걸까? 무엇보다 이게 사내 구성원의 유대감 증진을 위한 면담이라 해야 할지 알 수 없었다. 백 팀장은 지나치게 사적인 이야기를 시작했다. 지난밤에 이혼 소송 중인 부인에게서 온 문자까지 보여주었다.

— 제발 전화 좀 하지 마. 밥은 알아서 챙겨 먹고.

"이게 도대체 무슨 뜻이야? 전화는 하지 말고 밥은 먹으라니?"

문자 그대로 전화는 하지 말고 밥은 알아서 챙겨 먹으라는 말이었다. 백 팀장은 그 안에 담기지도 않은 의미를 찾고 싶어 했다. "어때?" 똑같은 말만 반복하는 그와 어떻게든 엮이고 싶지 않아 잘 모르겠다는 말만 반복했다.

"실은 내가 모텔에서 달방을 살아. 갑자기 집을 나오니 어디 갈 데도 없잖아. 그게 걱정된 거겠지?"

"모텔에서 지내세요?"

"그렇게 됐어. 내가 요즘 이래. 신경 쓰이는 게 한두 가지가 아니야."

다시 말을 붙이기도 전에 백 팀장이 입을 열었다.

"모텔 옆방에 애들이 살거든. 도대체 부모는 어딜 간 건지…… 가끔 출근할 때 애들하고 마주쳐. 아마 학교에 가는 것 같아. 그걸 다행이라고 해야 하나……"

백 팀장은 하루는 컵라면 한 박스를 아이들 방 앞에 놓아두었다고 했다. 나에게 무슨 응답을 바라는 듯해서 "잘하셨네요" 하고 기계적으로 호응했다.

"불쌍해…… 다 불쌍하지……"

그렇게 말하면서 백 팀장은 자신 역시 불쌍한 처지라고 했다. 인생이 이럴 줄 몰랐다, 이혼을 당할 거라 생각도 못 했다, 중얼거리며 현실을 부정하듯 고개를 저었다. 1년 전에 백 팀장 자리로 걸려온 전화를 당겨 받은 적이 있는데, 그 일을 떠올리면 과연 그가 인생이 이럴 줄 몰랐다 말할 자격이 있는 건지 의문스러웠다.

그날, 수화기 건너편에서 여자 목소리가 들려왔다. 울다 만 듯 잠긴 목소리였다. 여자는 백 팀장이 자기 전화를 피한다면서 이쪽으로 전화를 걸 테니 제발

　　　　　　　김나현

그와 연결을 해달라 했다. 나는 아무것도 모르는 척 전화를 돌렸고, 백 팀장은 수화기가 귀에 닿자마자 쾅, 하고 그것을 내려놓았다. 사무실에 있던 모두가 거친 소리에 놀라 백 팀장을 돌아보았다. 전화를 움켜쥔 그의 팔이 후들후들 떨리고 있었다. "내연녀 아니야?" 김 대리가 농담인 듯 속삭였다. 그 후 백 팀장의 내연녀는 종종 우리 팀으로 전화를 걸어왔다. 김 대리 역시 호소하는 여자의 목소리를 들었다고 말했다. 나와 달리 김 대리는 여자의 부탁을 들어주지 않았다. 어째서 편을 들지 않느냐 물었더니, 김 대리는 이렇게 하는 게 그 여자를 도와주는 일이라고 했다. 백 팀장을 만나서 좋은 일이 뭐가 있겠냐면서.

그런 일이 있었던 탓에 이혼 소식을 들었을 때 유책 사유가 백 팀장에게 있을 거라 확신했다.

"힘드시겠어요."

수화기를 붙들고 팔을 떨던 백 팀장의 모습이 떠올랐다.

"어쩌겠어……"

짧은 한숨이 흘렀다.

"이 대리는 요새 힘든 일 없어?"

"있죠."

"무슨 일?"

어쩐지 백 팀장은 우리가 좀더 친해질 수 있다고 믿는 것처럼 반색했다.

"배리어 프리 영화제요. 포스터 업체 못 찾았어요."

몇 초간 침묵이 흘렀다.

"포스터가 안 나왔다는 말이야?"

"네."

"영화제까지 보름밖에 안 남지 않았어? 그럼 지금 나와도 늦은 거 아닌가?"

"그런 것 같아요……"

백 팀장이 이마를 벅벅 긁었다. 곧 긁은 자리로 벌겋게 손톱 자국이 부어 올랐다.

"어떻게 이런 일이 있지? 포스터는…… 보통 영화제라고 하면 포스터가 있잖아? 안 나오는 경우도 있나? 안 나오면 이상하지? 그렇지 않아?"

"그렇긴 하죠……"

"이 대리가 하는 일이잖아. 왜 이렇게 남 일처럼 얘기해?"

죄송하다는 말이 입술 끝에 걸려 나오지 않았다.

"이렇게 될 줄 몰랐어요……"

"할 수 없을 것 같았으면 미리 말을 했어야지."

김나현

"할 수 있을 것 같았어요."

나는 상황을 수습하듯 말을 이어갔다.

"아직 시간 있어요. 할 수 있어요. 최대한 예산에 맞춰서 할 거예요. 처음부터 예산은 부족했지만……"

백 팀장은 양손 검지로 관자놀이를 눌렀다. 그의 반응을 보자 그제야 일이 제대로 굴러가지 못한 것이 일정보다 예산에 초점을 맞춰 일을 진행하는 나의 우선순위 문제라는 사실을 깨달았다.

"예산은 변수잖아. 이런 건 조정을 했어야지."

이혼한 부인 이야기를 할 때보다 더 긴 한숨이 흘러나왔다. 그는 턱에 힘을 주어 입술을 모으더니 휴대폰 연락처를 넘겨 보았다.

"혹시 모르니 검수용 시안이라도 미리 받아두고……"

백 팀장의 얼굴이 다 일그러져 있었다.

"저번에 진행한 업체에 가보려고요…… 거기 사장님이랑 얘기가 잘될 것 같아요."

그 면담이란 것이 끝나갈 즈음 백 팀장은 곤경에 처한 팀원을 챙겨주는 유능한 팀장 같았고, 나는 그런 팀장이 있어야만 제대로 사람 구실을 하는 무능력한 존재처럼 느껴졌다. 따지고 보면 그것은 사실이었다.

퇴근 후 귀가하자 선일이 현관문을 열어주었다.

"왔어?"

그는 어깨에 늘어져 있던 숄더백을 잽싸게 낚아채고 내 손에 들려 있는 두 개의 초밥 도시락도 받아 들었다.

"초밥 도시락 오랜만이네."

나는 씻지도 않고 부엌으로 향했다.

"연말에 사케 받은 거 있잖아. 그거랑 같이 먹자."

사케는 선일이 재단에서 받은 것이었다. 연말 행사 때 그의 실적을 미리 축하하며 팀원들이 준 선물이었다. 사케 이야기를 꺼내자 선일은 떨떠름한 얼굴이 되었다. 마시지 말까 물으니 선일은 고개를 저으며 이참에 마셔서 없애버리자고 답했다.

초밥 도시락을 열고 사케를 한 잔씩 따랐다. 한치 감태초밥을 입에 넣고 유자 향이 나는 사케를 마시자 하루의 피곤이 조금 날아가는 듯했다.

"오늘 어땠어? 글은 썼어?"

선일은 두툼한 유부초밥 하나를 입에 넣었다. 그가 유부초밥을 다 씹어 삼킬 때까지 사케를 홀짝이며 기다렸다.

김나현

"안 썼지?"

"쓰려고 했어……"

선일은 눈치를 보다가 물었다.

"너는?"

우리는 젓가락을 내려놓고 서로의 다이어리를 꺼내왔다. 그리고 숨길 것도 없다는 듯 각자의 다이어리를 바꿔 보았다. 선일이 계획한 일은 하나도 체크되어 있지 않았다.

"너는 하나 했네. 바닐라라테."

"해야지."

선일은 어이가 없다는 듯 고개를 뒤로 젖히며 웃었다.

"왜 아무것도 안 했어?"

내가 묻자 선일은 진지한 얼굴로 말했다.

"일부러 그런 거 아니야. 바빴어."

"뭐가 바빠?"

그렇게 물으면서 나도 그랬다고, 왜 계획대로 되는 건 바닐라라테뿐인지 모르겠다고 생각했다. 선일은 연어불초밥을 입에 넣고 우물거리며 말했다.

"시끄러워……"

"나한테 하는 말이야?"

"아니…… 시끄러워서 바빴다고."

"시끄러워서 바쁘다니?"

선일은 검지를 세워 허공을 찌르듯 가리켰다. 나는 천장을 한번 바라보았고, 그 순간 술기운이 나른하게 퍼져 머리가 약간 어지러웠다. 선일이 그만 마시라며 사케 잔을 옆으로 치웠다.

"취하기 전에 다이어리 쓰자."

"다이어리 쓸 분위기 아닌데."

선일은 펜을 들고 와 내 손에 쥐여주었다. 나는 첫째 줄에 '출근길 책 읽기'라고 썼다. 그리고 '바닐라라테'를 적었다. 어제와 다르지 않았다. 달리 떠오르는 계획이 없었다. 마지막 줄에는 '반드시 업체 확정'이라고 썼다. 선일 역시 어제와 똑같은 목록이었다. 글 쓰고 달리고 장보기. 선일은 한 유명한 소설가의 루틴이 자신의 계획과 비슷하다고 말했다.

"유명한데 이렇게 살아?"

선일은 두 눈을 끔뻑거렸다. 유명한데 단조롭게 살아가는 소설가와 그 루틴을 비꼬는 나, 둘 중 하나는 잘못되었다는 듯 고개를 갸웃거렸다.

"어느 쪽이 문제인지 모르겠네."

적어도 나는 문제가 아니라고 말하려다, 어떤 방

김나현

식이든 이미 유명해져버린 사람과 붙으면 이길 수 없으리란 생각이 들었다. 새우초밥을 입에 넣고 선일이 치워놓은 사케 잔을 다시 앞으로 가져왔다. 연거푸 술잔을 기울이자 선일은 내일 회사 갈 사람이 이렇게 마셔도 되는 거냐며 나를 말렸다.

"안 갈 거야. 못 가겠어."

그렇게 칭얼거리자 잠시 선일의 얼굴이 굳은 듯했다. 그러나 그 표정은 술기운이 흐려놓은 인상이라 완전히 믿을 수는 없었다. 다시 보니 그가 희미하게 웃는 것도 같았다.

*

다음 날, 역시나 출근길에 책을 챙겨 오지 않았다. 어차피 읽을 수도 없었을 것이다. 아직도 목구멍에서 유자 향이 올라왔다. 지난밤의 일이 떠올라 얼굴이 홧홧했다. 어제 우리는 초밥도 사케도 남김없이 다 먹어버렸다. 나는 취해서 선일의 이야기를 듣다가 그의 멱살을 잡았다. 그리고 뭐라고 했던가…… 이건 사기 결혼이라고 했다. 둘이 번다며…… 둘이……

아침에 집을 나설 때, 선일은 잘 다녀오라는 인사

도 없었다. 나는 기억하지 못하는 척 서둘러 집을 나섰다. 문득 이게 내가 미안할 일인가 싶었다. 잘못은 누구에게 있는가? 잘못은…… 선일에게 있는 걸까? 그렇다고 할 수 있나? 선일이 보낸 어제 하루, 나는 거기에 무언가 잘못된 것이 있다고 생각했다.

어제 아침 선일은 나를 배웅한 후 산책로에 들어섰고, 출발 지점인 팔각정에서 노닥거리는 여자 두 명을 마주쳤다. 마침 노이즈 캔슬링 이어폰을 꽂기 전인 그의 귀로 둘의 대화가 들려왔다.

"보상금 받았어?"

"받긴 받았지. 얼마 안 되던데?"

선일은 발목을 돌리면서 아파트가 위치한 곳이 공군 비행 훈련 경로에 포함되고, 그 때문에 소음 피해 보상 지원금이 가구당 인원 수대로 지급된다는 사실을 알게 되었다. 소음 피해에 대해 모르는 건 아니었다. 처음 이곳을 둘러볼 때 부동산에서 말해주었다. 부동산 소장은 어차피 평일 낮 시간에 비행 훈련을 할 테고, 젊은 사람들은 보통 그 시간에 집에 없지 않겠느냐고 단언했다. 그러다가 혹시 아이가 있느냐고 물었다. 그 말에 우리는 잠시 주춤했다. 그즈음 길

김나현

에서 우연히 마주치는 아기들을 볼 때면 눈을 떼지 못했다. 무언가에 시선이 간다는 건 그것을 바란다는 근거 같았는데, 아파트를 사면 이전에는 겪어보지 못한 경제적 부담이 생길 터라 우리는 당분간 아이를 갖지 않기로 합의한 상태였다. 부동산 소장은 잠시 눈치를 보더니 비행 소음보다 그 소리를 듣고 빽빽 울어대는 아이들이 더 시끄러울 거라고 말했다. 어쨌든 피해 보상금이 나온다는 소식은 듣지 못했다. 선일은 정보를 얻을 요량으로 여자들에게 다가가 보상금을 어떻게 받느냐고 물었다.

"이사 왔어요? 몇 동?"

그로부터 한 시간 후 선일은 그 여자들이 이 아파트에 15년 전 입주했고 그때는 사십대였으나 지금은 각자 손주가 둘씩 있는 할머니가 되었다는 사실까지 알게 되었다. 불쑥 한 여자가 선일에게 "애 없어요? 딩크족이에요?" 물었고 선일이 아직은 그런 것 같다고 대답했다. 여자는 자기 둘째 딸도 아직은 딩크족이라며 반가워했다. 그렇게 돌고 돌아 다시 비행 소음 피해로 대화 주제가 돌아왔을 때, 두 여자는 한 달 전만 해도 행정복지센터에서 신청을 받았다며 찾아가보라고 했다.

집으로 돌아온 선일은 샤워를 한 후 노트북을 열었다. 모니터 가까이 몸을 기울이고 뜸을 들이다가 겨우 한 줄을 적었다.

—눈을 뜨자 15년 전이었다.

그는 문장을 지우고 텅 빈 화면을 바라보았다. 그다음 심호흡을 하고 다시 썼다.

—마을에는 한 사건이 있었다.

그 순간 바람이 하늘을 과격하게 가르는 소리를 들었다.

쿠우우우우우우 키우우우우우우.

선일은 반사적으로 의자에서 일어나 창문 샷시가 미세하게 떨리는 것을 보았다. 그의 말에 따르면 전쟁이 나면 꼭 이러겠다 싶을 굉음이었다. 쿠우우우우우우 키우우우우우우. 그제야 비행 소음이라는 것을 알았다. 선일은 자리로 돌아와 정신을 가다듬고 다시 글을 써보려고 했다.

—전쟁이었다. 하늘에서 시작되었다.

소음은 계속되었다. 쿠우우우우우우 키우우우우우우. 선일은 다음 문장을 썼다.

—쿠우우우우우우 키우우우우우우.

김나현

다음 문장을 써보려고 했다.

— 쿠우우우우우우 키우우우우우우.

그로부터 30분도 지나지 않아 선일은 행정복지센터를 찾아가고 있었다. "어떻게 오셨어요?" 묻는 직원에게 소음 피해 신고를 하러 왔다고 말했다. "이제 신청 안 받아요. 피해보상센터에 연락해보세요." 직원이 번호를 알려주었으나 센터에서 전화를 받지 않았다. 선일은 한시간가량 버스를 타고 구청 근처 센터로 갔다. 하필이면 점심시간이라 문이 잠겨 있어 또 한 시간을 기다려야 했다. 1시가 되자 센터 문이 열렸다. 안으로 들어가니 중년 남자가 그를 맞았다. 선일 말고는 센터를 찾아오는 사람이 없는 듯했다. 남자는 박카스를 한 병 까서 건넸고, 선일에게 피해 지역에서 얼마나 살았고 비행 소음이 일어나는 시간에는 주로 어디에 있는지 물었다. 선일은 작년 8월 해당 지역으로 이사를 왔고, 당시 비행 소음 피해에 대해서 알고는 있었으나 보상금을 받을 수 있다는 이야기는 듣지 못했으며, 직장은 9킬로미터 떨어진 곳인데 지금은 퇴사한 상황이라고 말했다. "퇴사하셨다고요? 언제?" 남자가 심드렁하게 물었다. 선일은 설이 지나 퇴사했다고 답했다. 남자는 선일을 마주보더니 "아무래도 명절에는 가족들 얼굴 봐야 하니까요. 퇴사는 상당히 껄끄러운 문제죠."라고 말했다. 선일은 남자의 미묘하게 호의가 섞인 대화체가 수상스러울 뿐이었다. 곧 남자는 8월에 이사를 왔다면 9월부터 12월까지 피해 일수만큼 지원이 가능할 테지만, 이미 신청 기간이 마감되었다고 했다. 선일은 남자의 말을 단번에 이해할 수 없었다. "올해는 보상금 지급이 어렵다는 말이죠." 선일은 그 말도 이해되지 않아 되물었다. "돈을 못 받는다는 건가요?" 남자가 고개를 끄덕였다. 그 순간 선일의 눈에 방금 전 남자가 건네준 박카스 병이 들어왔다. 굳이 뚜껑까지 열어 건네준 남자의 행동이 이제는 불쾌하게 느껴졌다. 언제 퇴사를 했느냐 물은 일도 무례한 듯 여겨졌다. 선일은 박카스를 한 모금도 마시지 않고 그대로 놓아둔 채 일어났다. 다시 한 시간 동안 버스를 타고 집으로 돌아왔을 때는 오후 4시가 지나 있었다.

그 실속 없는 하루가 영 마음에 들지 않았다. 돌이켜보면 마음에 들지 않았던 것은 그의 하루가 아니라 나의 하루였다. 그날 오후, 나는 두어 번 일을 맡겼던 업체를 찾아가 상식적으로 납득할 수 없는 예산을

김나현

제시하며, 사장에게 그동안 함께 일한 내력을 줄줄 읊고 있었다. 그러면서 다음 달 기안을 올릴 계약 건에 대한 정보를 흘렸다. 그런 나를 보더니 사장이 껄껄 웃었다. 이런 식으로 일할 줄도 아느냐면서 그 역시 말해놓고 민망했는지 자꾸만 머리를 매만졌다. 그는 내일까지 생각해보겠다 말했다. 그사이 다른 곳에서 일을 가져간다 해도 어쩔 수 없다며, 고개를 숙인 채 씁쓸한 듯 입꼬리만 슬쩍 올렸다. 그가 이 일을 맡고 싶어 하지 않는다는 것을 알았지만 아무 내색하지 않았다. 그 앞에서 더없이 한심한 자신을 깨달았지만 아무 타격 받지 않은 듯 새침을 떨었다.

*

계획에 없던 일이었다. 백 팀장이 운전하는 차 조수석에 앉아 회사에서 두 시간이나 떨어진 J시로 향하게 되리라고는, 김 대리가 바닐라라테를 건네기 전까지 상상도 못 했다. 김 대리는 급한 미팅에 참석해야 했다. 원래 백 팀장과 팀을 꾸려 가기로 한 제안 발표회보다 큰 건이었다. 발표회는 한 사람이 빠져도 무방한 일이었지만, 백 팀장이 혼자 가면 파이팅이 없다면서 끝내 팀원을 붙여달라고 떼를 쓰니 나로서는 어쩔 도리가 없었다. 김 대리는 미팅을 마치고 들러볼 곳 중에서 디자인을 맡길 만한 업체가 있다면서 이쪽에 사정을 설명해 부탁해볼 테니 서로 상부상조하는 것이 어떻겠느냐고 했다. 나는 무조건 좋다고 했다. 김 대리가 맡은 사업 예산이 넉넉할 테니 암묵적으로 두 개의 일을 한 세트로 진행한다면 업체도 손해가 아닐 거라고 생각했다.

차 안에서 백 팀장은 어제 면담의 후속편을 시작했다.

"내가 라면 박스를 가져다두었잖아."

"무슨 라면이요?"

뜬금없이 무슨 라면 이야기인가 싶어 물어본 것인데, 백 팀장은 "말 안 했나? 오동통통 농심 너구리"라고 멜로디까지 붙여 답했다. 그제야 무슨 말인지 감이 왔다.

"어제 출근할 때까지 문 앞에 있었는데 퇴근하고 보니 없더라고."

"애들이 가져갔겠죠."

"정말로 애들이 가져갔을까?"

김나현

옆을 돌아보니 백 팀장이 고개를 젓고 있었다.

"실은 그 모텔에 나처럼 달방 사는 인간들이 있 거든. 그 애들도 그렇지만."

"도대체 그 모텔은 어디에 있어요?"

"그렇게 오픈할 수는 없고……"

백 팀장이 말할 수 없는 부분도 있다는 것이 새삼 스러웠다.

"설마 누가 훔쳐 갔을까요?"

"그럴 수도 있지 않겠어? 청소하는 아줌마한테 들었는데 그 모텔에 내 나이쯤 들어와서 20년 넘게 사는 사람이 있다잖아. 그 사람이 도둑으로 몇 번 의 심받은 적이 있나 봐. 바로 내 아래층에 사는 사람이 거든. 한번은 경찰이 와서 수색도 했다는 거야."

"그렇게 오래 모텔에서 사는 거면 돈은 있는 거 아니에요?"

"돈이 있으면 집을 구했겠지."

돈이 있으면 모텔이나 호텔처럼 날마다 누군가 청소해주는 방에서 사는 게 더 낫지 않나 하는 생각 도 들었지만, 백 팀장의 말도 일리가 있었다.

"다들 사는 게 근근하지만……"

백 팀장은 쯧쯧 혀를 차고 "그래도 그렇게 살면

안 되는데……" 하며 중얼거렸다. 이미 그 장기 투숙객이 라면을 훔쳐 갔다고 생각하는 듯했다.

"CCTV 확인하는 게 어때요?"

"모텔 주인이 연락이 안 돼. 카운터 보는 애는 허락 없이 절대 안 된다 하고. 티격태격하고 있으니까 청소하는 아줌마가 계단참에서 부르는 거야. 혹시 라면 도둑 찾느냐고."

"목격자가 있었네요."

"자기가 봤다길래. 누가 가져갔냐고 하니까, 이 아줌마가 나한테 술을 사라는 거야. 술을 얻어 마시면 말해주겠다고. 소주에 국밥이나 먹으려 했더니, 이 인간이 족발을 먹자는 거야. 그것도 앞다리 살로."

백 팀장은 어이가 없다는 듯 허허 웃었다.

"국밥 한 그릇으로는 입을 열 수 없대. 뭐, 나도 인정이야. 비밀은 원래 비싼 법이잖아."

백 팀장은 목이 막힌 듯 크흠, 크흠 긁는 소리를 내더니 글러브 박스에 사탕이 있다면서 꺼내달라고 했다. 박스를 열어 청포도맛 사탕을 하나 꺼냈다. 백 팀장이 정면을 보면서 오른손을 앞으로 가져와 펼쳤다. 사탕 하나를 손에 올려주자 그가 "이렇게 먹으라고? 까서 줘야지"라고 말했다. 봉지를 까서 끈적한 사탕을 그 손에 올렸다.

"그런데 이 대리 남편은 뭐 해?"

나는 무미건조하게 답했다.

"지금 일 안 해요."

"일을 안 해? 왜?"

캐물은 심산인 듯했다.

"갭이어예요."

"뭐?"

"갭이어요."

"그게 뭔데?"

"다른 일 해보려고 준비 중이에요."

"무슨 일?"

선일이 웹소설을 쓰려 한다는 말이 입에서 떨어
지지 않았다. 어쩐지 직업으로 삼기 위해 그 일을 한
다는 말이 누구도 납득시킬 것 같지 않았다. 나는 선
일이 콘텐츠 관련 업계에서 일하고 싶어 공부 중이라
고 둘러댔다. 백 팀장은 모르는 이야기가 나오자 싱
겁게 그렇군, 하더니 전방만 주시했다.

곧 J시에서 두번째로 크다는 P대학의 인문 연구
원에 도착했다. 나는 차에서 노트북을 꺼냈다. 백 팀

장은 드라이빙용 낡은 운동화를 벗고 반질반질 닦아
놓은 갈색 구두를 꺼내 갈아 신었다.

발표회는 3층 대강의실에서 열릴 계획이었는데,
하필이면 엘리베이터가 공사 중이라 계단으로 올라
가야 했다. 백 팀장에게 먼저 계단을 오르라고 길을
터주었는데, 오히려 그가 먼저 가라는 듯 손을 앞으
로 내밀었다.

"내가 걸음이 느려."

나선형 계단을 오르며 뒤따라오는 팀장을 내려
다보니, 그는 한 손으로 무릎을 짚고 있었다. 그러고
보니 백 팀장은 두 시간 가까이 한시도 쉬지 않고 운
전한 데다 혼자 발표도 해야 했다. 게다가 이혼 소송
중이고 모텔에서 달방을 살고 있다…… 발걸음을 멈
추고 백 팀장이 숨을 고르고 올라올 때까지 기다렸다.

"너무 티가 나네."

백 팀장이 말했다.

"네?"

"배려하는 게 티가 나거든. 그거 사람 불편하게
하는 건데 말이야."

그렇지만 백 팀장이 불편해 보이지는 않았다.

"먼저 올라가. 쉬엄쉬엄 갈 거니까."

　　　　　　　김나현

먼저 올라가려는데 백 팀장이 뜬금없이 뒤통수에 대고 물었다.

"포스터 업체는 하기로 했어?"

"거의 해줄 것 같아요."

"거의 해주는 건 뭔데?"

어떤 점이 웃긴 것인지 알 수 없었으나 백 팀장은 계단을 올라오는 내내 낄낄거렸다.

발표는 나쁘지 않았고 심사 위원들은 고개를 끄덕이며 집중했다. 대기실로 돌아와 축축하게 젖은 손수건으로 이마를 닦는 백 팀장을 보자 마음이 편하지 않았다.

"진짜 고생하셨어요."

그를 보고 있으면 과연 나는 저렇게 할 수 있을까 의문이 들었다. 게으른 듯하지만 어느새 주어진 일을 능청스럽게 해내고, 사람들에게 기분 나쁜 농담을 던지기는 하지만 결정적으로 누구와도 적이 되지 않는 사람이었다. 그처럼 되고 싶은 것은 아니었지만 그렇게 되고 싶다 한들 그렇게 될 수 없을 것이 자명해 보였다.

발표 결과는 주최 측에서 문자로 통보할 테니 대기할 필요가 없다는 안내를 받고 차로 돌아왔다. 백 팀장은 구두에서 낡은 운동화로 갈아 신으며 말했다.

"느낌이 좋아."

결과에 대해 자신이 있는 듯했다. 몇 시간 만에 다시 차에 오르자 불쑥 배 속에서 뜨거운 기운이 올라왔다. 유자 향이었다. 내장 어딘가 술기운이 남아 있는 듯했다. 오전만 해도 괜찮던 속이 이제야 울렁거리는 것이 이상했다. J시 톨게이트를 지나 고속도로에 접어들자 백 팀장이 왜 그러느냐고 물었다. 나는 출발할 때부터 줄곧 손으로 입을 가리고 있었다.

"좀 메슥거려서요."

"혹시 임신한 거 아니야?"

백 팀장이 장난기 섞인 말투로 묻는 순간 욱, 하고 욕지기가 치밀었다. 목구멍 밑으로 누를 수 없을 만큼 무언가 차올랐다. 몸을 앞으로 숙이고 있으니

"야, 야, 안 되겠다."

하면서 백 팀장이 갓길에 차를 세우고 비상등을 켰다. 나는 급히 차에서 내렸다. 갓길 바깥으로 고개를 돌리고 속에 든 것을 게워냈다. 백 팀장이 다가와 등이라도 두드려줄까 마음을 졸였는데, 그는 차에서 내

　　　　　김나현

리지 않은 채 운전석에 앉아 있었다. 돌아오자 그의
무릎에 물티슈 팩이 놓여 있었다. 그는 물티슈 세 장
을 뽑아 건네주었다.

"출발해도 되겠어?"

"네."

"갑자기 왜 그래? 요새 힘들어? 아니면 진짜 임신
한 거야?"

선일과 마지막으로 관계를 맺은 것이 언제인지
떠올려보았다. 그러고 보니 선일이 퇴사를 선언한 이
후 우리 관계도 감정 기복이 있던 만큼 상당히 두서
없었다는 것이 기억났다.

"정말이야?"

"네?"

"진짜?"

어째서 대화가 그런 식으로 흘렀는지 알 수 없었
다. 백 팀장은 입을 헤벌린 채 앞 유리를 내다보며 말
을 잇지 못하다가 한 박자 늦게 "축하해"라고 말했다.

"왜 말 안 했어? 초기에 조심해야 돼…… 우리도
큰애 임신했을 때 말이야……"

백 팀장은 아내가 첫 아이를 임신했을 때 혹시 문
제가 생길까 봐 계속 마음을 졸였다고 했다. 그의 아

내가 입덧으로 고생한 이야기를 듣는 동안, 나는 한 달이 지나도록 생리가 없었다는 사실을 떠올렸다. 생리 불순은 이십대 중반 이후 계속되는 지병 같은 것이었지만, 그 순간 단언할 수는 없었다.

"우리 큰애는 다 컸어. 이제 고딩이야."

임신이 아니라고도 맞다고도 할 수 없는 상황…… 울렁거리던 속은 차차 나아졌다. 나는 지난밤 술을 마신 것이 후회되었고 더 이상 임신을 주제로 대화하고 싶지 않았다.

"족발은 드셨어요? 앞다리 살로?"

라면 도둑 이야기로 화제를 돌렸다.

"그랬지. 이 아줌마가 10만 원어치를 먹더라. 심지어 포장도 해 갔어. 염치가 좀 있어야지……"

"범인은 알려줬어요? 20년 동안 모텔 살았다는 투숙객이요?"

"그 아줌마가 정말 황당한 소리를 하더라."

"무슨 소리요?"

백 팀장은 어이가 없는지 잠시 볼에 힘을 주고 입술을 일자로 다물고 있었다.

"그 도둑이 라면 상자를 들고 바로 애들 옆방으로 들어갔다는 거야."

"옆방이요?"

"아이들 방이 복도 끝이거든. 그래서 옆으로 방이 하나잖아."

"아…… 혹시……"

"그래. 거긴 내가 살아. 도둑이 내 방으로 들어갔다는 건데…… 그 아줌마가 얼핏 뒷모습만 봤는데, 라면 도둑이 구겨진 파란 셔츠에 검은 추리닝 바지를 입고 있었대."

"그렇게 입고 다니는 사람이 범인이네요."

"그게 나랑 비슷하단 말이야. 파란 셔츠에 검정 추리닝 바지. 그 옷이 제일 편해서 맨날 그렇게 입고 다니거든."

무심결에 백 팀장의 차림새를 훑어보았다. 경량 패딩 손목 둘레로 파란 셔츠 소매가 새끼손톱만큼 삐져나와 있었다. 바지는 검회색 모직이었다.

"그렇게 입는 사람이 팀장님만 있는 건 아닐 거예요. 도둑이라면 방에 너구리가 있겠죠. 그 장기 투숙객 방을 뒤져보면 나올지도 몰라요."

"너구리는 내 방에도 있어. 항상 사다놓거든. 서너 박스를 쌓아두지."

"팀장님 방은 아니죠. 다른 방에서 너구리가 나

오면 그 방 주인이 범인이죠."

"너구리가 내 방에서만 나오면?"

백 팀장은 고개를 저었다.

"내가 라면 도둑인가?"

"그럴 리 없죠. 팀장님이 너구리를 가져다둔 사람이잖아요?"

"가져다둔 사람이 훔쳐 가지 말라는 법도 없잖아."

"팀장님이 도둑이에요?"

"그건 아닌데 그렇게 보일 수도 있다는 거지."

나는 괜히 눈앞의 글러브 박스를 열어 사탕 한 알을 꺼냈다.

"드실래요?"

"하나 줘봐."

우리는 한동안 입안에서 사탕만 굴리고 있었다.

"그런데 말이야…… 그 아줌마가 아무한테도 말 안 할테니 다음 주에 또 족발을 사달라는 거야…… 참 나……"

고속도로를 달리는 동안 계속 그런 식의 이야기가 이어졌다. 라면 도둑 사건은 꼬리에 꼬리를 물고 시작점으로 돌아왔다. 모든 방을 탐색했으나 너구리는 백 팀장의 방에서만 나왔다…… 그리하여 백 팀장

김나현

은 진실이 드러날 때까지 모텔 아줌마에게 족발을 산
다……

"어쨌든 축하해. 얼마나 좋은 일이야. 그런데 이
대리가 말 안 했으면 배가 불러도 몰랐을 거야."

백 팀장은 입가에 미소를 지었다. 나도 그처럼 웃
어보려 했으나 볼이 무겁게 내려앉아 입꼬리가 올라
가지 않았다. 백 팀장은 나를 집 앞까지 데려다주고,
그가 사는 모텔로 귀가했다. 그를 떠나보내고 휴대폰
을 확인해보니 기다리던 연락은 한 통도 없었다. 인
쇄 업체 사장의 답신도 없었고 김 대리가 약속한 일
도 감감무소식이었다.

*

집에 돌아오자 선일이 보이지 않았다. 화장실과
방을 뒤져도 기척이 없었다. 잠시 후 도어록 돌아가
는 소리가 들렸다. 손에 초밥 도시락 두 세트가 들려
있었다.

"초밥 사러 갔다 온 거야?"

"응, 뭐……"

선일은 기운 없이 대답했다. 지난밤 사기 결혼이

라 운운한 일이 떠올랐지만 정신없는 하루를 보내고 돌아오자, 우리가 삐걱거리던 순간이 다소 가볍게 느껴졌다.

"미안해. 어제 내가 심했지?"

"진심 아닌 거 알아."

사기 결혼이라는 말이 과장되긴 했지만 그걸 진심이 아니라 할 수는 없었다. 어떤 부분에서 선일은 나를 속인 것이나 다름없었다. 하지만 나의 미묘한 마음을 애써 주장하는 일이 불필요하게 느껴졌다.

"너도 미안하지? 미안하다고 해."

선일이 지친 듯 힘없는 웃음을 흘리며 "그래" 하고 짧게 답했다.

"미안해, 이렇게."

"미안해."

엎드려 절이라도 받아야 마음이 풀릴 것 같았지만, 막상 선일이 앵무새처럼 미안하다고 말하자 짜증이 일었다.

"초밥은 왜 샀어?"

화가 엷게 묻어나는 말투에 선일은 신경 쓰지 않았다. 그는 종이 가방에서 초밥을 꺼내더니 뚜껑을 열었다. 오도로였다. 우리가 자주 들르는 초밥집의

김나현

도시락 세트 중 가장 비싼 거였다.

"왜 이렇게 비싼 걸 샀어?"

비싼 초밥을 보자 선일에게 직장이 없다는 사실이 가장 먼저 떠올랐다.

"돈이 생겨서."

"무슨 돈?"

"구청에서 받았어."

"보상금 받았어?"

"그런 셈이지."

오도로는 문자 그대로 혀 위에서 녹았다. 몇 번 씹지도 않았는데 사라져서 아쉬울 정도였다. 약간의 느끼함이 혀끝에 돌아 사케를 남겼으면 좋았을 듯싶었다.

"맛있어?"

"응. 너무 당연한 걸 묻네?"

선일이 턱을 괴고 나를 보았다.

"오늘 어땠는지 안 물어봐?"

"글 좀 썼어?"

"아니."

선일은 체념한 듯 대답했다. 어째서 오늘도 글을

쓰지 않았는지 물어보고 싶지 않았다. 이어질 말들이 벌써 지겨웠다.

"돈 어디서 났는지 안 궁금해?"

"구청에서 보상금 받은 거라고 했잖아?"

"내가 그렇게 말했어?"

"그래."

선일은 그 돈이 구청에서 받은 것이 아니라 구청에 가서 받은 것이고 보상금이 아니라 보상금 같은 돈이라고 했다.

"뭐가 다른 거지?"

"다르지. 완전 달라."

선일은 그날 일어난 일을 이야기하기 시작했다.

아침에 그는 계획대로 운동을 나갔고 팔각정에서 어제처럼 두 여자를 만났다. 그들은 선일이 보상금을 받을 수 없게 되었다는 이야기를 듣고 자기 일처럼 안타까워했다.

"구청에 가보는 게 어때요?"

한 여자가 선일에게 제안하면서 지난여름의 일화를 들려주었다. 위층 다용도실에서 계속 물이 새서 천장에 물곰팡이가 피는데 아파트 관리소에서 조

김나현

치를 취하지 않더라는 것이었다. 다짜고짜 구청에 찾아가 민원을 넣었더니, 일주일 만에 관리소에서 천장 도배 공사를 해주었다고 했다. 나중에 지인을 통해 구청장이 이 아파트 단지에 산다는 소식을 듣게 되었다고도 했다. 아무래도 구청장이 사는 곳이니 구청에서 신경을 쓰지 않았겠느냐는 것은 그들의 추측일 뿐이었지만, 적어도 선일에겐 아예 설득력이 없는 건 아니었다.

두 여자는 구청장이 사는 곳이 아파트 단지 안에서 가장 평수가 넓은 107동이라고 알려주었다. 밑져야 본전이니 구청장을 만나보는 것이 어떻겠느냐 권했다. 어떻게? 그들은 8시 정각에 구청장을 데리러 검은 차가 올 것이고, 그 곁에서 서성이다 구청장을 만날 수도 있지 않겠느냐고 했다.

"그렇게 쉬운 일인가요?"

"어려울 건 뭐죠?"

선일은 구청장을 대면하는 일을 허술하게 생각하는 여자들이 미심쩍었지만, 마침 8시가 되어가고 있어 알려준 대로 107동 인근으로 걸어가보았다. 그리고 거짓말처럼 107동 현관에서 검은 차를 발견했다. 번쩍이는 차였다. 아마도 그 차를 운전하면서 동시에 깨끗이 관리하는 일을 맡은 기사가 시간이 날 때마다 윤이 나도록 닦아놓은 것 같았다. 선일은 문득 자신이 그 차의 운전기사처럼 살면 좋겠다고 생각했다. 제시간에 맞춰 구청장을 이곳저곳으로 이동시키고, 남는 시간에는 손걸레를 들고 차를 닦는 자신을 상상했다.

잠시 후, 운전기사가 손목시계를 보더니 급한 듯 107동 현관으로 향했다. 기사가 급하게 자리를 떴을 때, 선일은 차로 다가가 뒷자리 문을 열어보았다. 아주 부드럽게 차 문이 열렸다.

"으악!"

"엄마야!"

선일이 별안간 나를 놀래켜놓고 웃었다.

"뭐야?"

나는 놀란 가슴을 쓸어내렸다.

"이렇게 놀라더라고. 으악!"

"그게 그렇게 재밌어?"

"구청장 같은 사람이 그렇게 놀랄 줄 몰랐어."

"그럼 어떻게 놀라야 하는데?"

"그런 사람들은 어떤 일에도 놀라지 않는 줄 알

김나현

왔나 봐."

곧이어 선일은 구청장의 차에 숨어 들어간 일을
말했다.

뒷자리에 담요가 있어 선일은 그것을 머리 위에
덮었다. 곧 차로 구청장이 들어와 앉았는데 담요가
꿈틀거리는 것을 발견하자 소리를 질렀다.

"으악!"

담요가 벗겨지고 기사가 선일을 차 밖으로 끌어
내려 두 팔을 붙들었다.

"당장 내려요! 지금 뭐 하는 겁니까?"

기사에게 붙들린 선일은 어쩐지 그 팔의 완력이
부족한 걸 느꼈다. 조금만 힘을 주면 기사를 옆으로
밀쳐낼 수 있을 것 같았지만 그렇게 하지 않았다. 소
동이 일자 주변을 기웃거리던 동네 사람들이 하나둘
모여들었다.

"드릴 말씀이 있어요."

선일은 밑져야 본전이라는 팔각정 여자들의 말
을 떠올렸다. 구청장은 모든 신경이 눈썹 사이로 쏠
린 듯 미간을 찌푸렸다. 선일은 최대한 예의를 갖추
되 구청장의 눈길을 피하지 않고 말을 이었다.

"저는 106동에 살아요. 808호. 박선일입니다."

선일은 자신이 구청장과 같은 아파트 단지에 살고 있으며, 그들이 같은 산책로를 공유한 주민이라는 사실을 강조했다. 그 소개가 효과가 있었던 것인지 아니면 주변에 몰려드는 사람들의 시선을 의식한 탓인지 구청장이 떨떠름하게 입을 열었다.

"무슨 일이죠?"

"다름 아니라 비행기 소음 문제 때문인데요."

구청장이 한 손을 들어 올려 기사에게 신호를 보내자 그가 붙잡고 있던 선일의 팔을 풀었다.

"저희 부부는 보상금을 받지 못했어요."

'부부'라는 단어를 듣자 구청장의 미간 주름이 서서히 풀렸다. 그는 입술을 다물고 턱을 긁적이며 선일을 훑어보았다.

"출근을 해야 하니 가면서 얘기해도 되겠습니까?"

"저는 괜찮습니다."

구청장은 기사에게 일단 구청으로 출발하자고 했다.

"구청에 가서 말해보시는 것도 좋겠네요. 민원실에서 안내할 겁니다."

　　　　　　김나현

"다녀왔어요. 올해는 받지 못한다고 들었어요."

"어째서죠?"

"신청 기한이 지났거든요."

"그렇군요. 예산과 일정에 따라 진행되다 보니 누락이 발생할 겁니다. 정해진 규칙에 따르는 것이니 선생님께서 너그럽게 이해해주셔야 해요."

너그러운 이해…… 선일은 그 말을 곱씹었다.

"그런데 왜 기한이 지나 신청하신 걸까요?"

갑자기 차가 덜컹거리며 약한 충격이 시트 위로 전해졌다. 방지턱에서 속도 조절을 하지 않은 탓이었다. 기사의 운전 실력이 좋지 않다 느껴지자, 선일은 자신이 기사 역할을 더 잘할 것이란 생각이 들었다.

"저랑 상관없는 일이라고 생각했거든요. 비행 훈련 시간에는 집에 있지 않았으니까요."

"지금은 집에 계시나요?"

"네."

"어째서죠?"

구청장은 치밀하게 물었다.

"달리 갈 곳이 없어서요."

"쉬고 계시나요?"

"아니요."

선일은 머뭇거리다가 말을 바꾸었다.

"맞아요. 쉬고 있어요."

"왜 쉬고 계신가요?"

선일은 구청장이 행정 절차에는 문제가 없다는 사실을 증명하기 위해 적극적으로 질문을 던진다고 생각했다.

"일을 하지 못하게 되었으니까요."

"일을 그만둔 이유가 저희 구청이랑 관계가 있을까요?"

선일은 미처 예상 못 한 질문에 당혹스러웠다. 그가 대답을 망설이자 구청장이 이어 말했다.

"종종 그런 일이 있어요. 우리가 하는 일이 전혀 예상치 못한 일을 불러오는 거죠. 구청에는 그런 민원이 더께처럼 쌓여 있답니다. 날마다 부지런히 털어내도 또 쌓이고 말아요. 그것이 구청에서 할 일인 거죠. 되도록 불편하고 억울한 사연이 없도록 구민의 생활을 파악해야 합니다."

"구청장님은 좋은 분 같습니다."

구청장은 바로 그 말이 듣고 싶었다는 듯 미소를 지었다.

"무언가 놓친 일이 없기를 바랄 뿐이에요. 무슨

일인지 물어도 될까요?"

"제 일이 무슨 상관이 있을까 싶지만…… 이야기
해도 될까요?"

"아마도 10분 후에는 구청에 도착할 겁니다."

"그 정도면 충분할 거예요."

*

청소년 문화 복지의 일환으로 시행되는 문화틴
틴카드 사업은 선일이 근무하던 재단에서 오랫동안
맡아온 사업이었다. 신청한 청소년에게 정해진 금액
의 문화비를 카드 형태로 지급하는 사업으로 얼마나
카드를 소진했느냐에 따라 순위가 결정되고, 이듬해
사업이 다시 재단에 할당되느냐 마느냐의 판단 기준
이 되기에 방심할 수 없는 일이었다.

지난해 크리스마스를 앞두고 선일이 카드 두 장
을 건네받았을 때, 팀장은 소소한 연말 보너스라고
했다. 카드 한 장당 5만 원이 들어 있으니 총 10만 원.
그 돈으로 선일은 책을 사거나 영화를 볼 수도 있었다.

팀장은 프로젝트의 실무를 총괄하는 선일에게

마지막까지 긴장을 늦추지 말고 2위 지역과 격차를 벌려야 한다고 말했다. 사업은 12월 말일 종료이므로 그 전까지 한 푼도 남기지 말고 다 써야 한다며 발급 후 신청자가 찾아가지 않은 카드를 직원들에게 나누어 지급했다. 그해 처음으로 청소년문화팀으로 발령받은 선일은 그것이 적법하지 않은 행위라고 지적했다. 그러자 팀장은 자신이 이 사업을 햇수로 5년째 맡고 있으며, 이제까지 이런 식으로 일을 해왔고, 다른 지역도 크게 다르지 않다고 말했다. 사업 종료를 며칠 남겨놓고 카드를 찾으러 오는 신청자는 없다고, 만약 그런 경우가 생기더라도 카드가 분실되었다 안내한 후 따로 돈을 챙겨주면 된다고 했다. 팀장의 지시를 받은 선일은 찝찝한 기분이 들었지만, 다른 지역에서도 이런 식으로 카드를 소진해 실적을 올릴 것이므로 마지막 주가 지나 전국 순위가 변동될 가능성이 있다는 말에 흔들렸다.

선일은 그 카드를 서점이나 영화관에서 사용할 수는 없었다. 카드 중앙에 선연히 박힌 문구의 '틴틴'은 자신이 아니었기에 누군가 지켜보는 앞에서 당당하게 그 카드를 내밀지 못했다. 그는 결국 온라인 서점에서 베스트셀러 목록에 올라온 책을 순서대로 10

김나현

만 원어치 주문했다. 앞으로 읽을지 아닐지 알 수 없는 제목조차 기억나지 않는 책들이었다.

그렇게 자신에게 주어진 카드 두 장을 다 써버린 다음 날, 한 청소년 신청자의 부모가 카드를 미수령했다며 재단으로 민원 전화를 걸어왔다. 직원들에게 배부된 카드 중 그가 찾고 있는 것은 선일에게 지급된 카드였다. 사업이 시작된 3월에 발급 신청을 해놓고 다섯 번이나 카드를 수령해 가라고 연락을 돌렸지만 그때까지 찾아가지 않은 카드였다. 선일은 팀장이 알려준 대로 카드가 분실되었다 말한 후, 카드를 재발급 받더라도 사용 기한 안에 쓸 수 없을 테고, 모든 일이 자신들이 제대로 보관하지 못해 발생한 것이라 사과하면서 수혜 비용에 상응하는 5만 원을 송금해 주었다.

말일이 되고 종무식이 끝난 후 이른 퇴근을 하려던 그 시각, 사업을 주관하는 상부 기관의 담당자에게 전화가 걸려왔다. 선일이 5만 원을 송금해준 일이 신고된 것이었다. 새해가 되자마자 선일은 담당자에게 불려가 송금한 이유에 대해 추궁당했다. 뒤이어 그의 온라인 서점 아이디로 틴틴카드로 결제한 내역이 나왔기 때문이었다.

　재단으로 돌아온 선일은 팀장에게 자신이 팀에 피해를 입히지 않기 위해 노력했다고 말했다. 팀장은 그에게 술을 사주었다. 선일의 경력을 회복할 수 있도록 최선을 다하겠다고 말했다. 덧붙여 그는 선일에게 앞으로 내려질 처벌에 대해서 알려주었다. 향후 5년 동안 상부 기관에서 주관하는 모든 사업에서 배제될 것이었다. 하지만 재단 내에서는 두 달 감봉으로 마무리될 것이라고 했다. 팀장은 이 모든 게 애를 쓴 결과라며 비 온 뒤 땅이 굳는다는 둥 앞으로 재단에서 하는 일을 구석구석 경험해본 후에는 생각이 달라질 것이라고 말했다. 축제팀에 갈 수 없느냐고 선일이 물었을 때는 그렇게 규모가 큰 사업에 대해서는 앞으로 5년 후를 기약하자고 했다. 선일은 팀장이 이 대화를 얼른 마무리 짓고 싶어 한다는 것을 눈치챘지만, 자꾸 5년 후에 무슨 일이 일어나게 될지 반복해 되물었다. 팀장은 모든 일이 잊히고 언젠가 전부 이해를 받게 될 거라고 말했다. 그러기 위해 잘 버텨야 한다고도 당부했다.

　"어떻게 5년을 버텨요?" 팀장은 5년은 금방이라면서, 잠시 큰비가 왔을 뿐이고 이제 땅이 굳을 시간

　　　　김나현

이라고 했다. 그때 선일에게 그 말은 귀에 들어오지
않았다.

*

차 안에는 어색한 침묵이 흘렀다. 잠시 후 구청장
은 지갑에서 5만 원권 두 장을 꺼내 선일에게 주었다.
선일은 극구 사양했으나, 구청장이 구태여 그의 손에
쥐여주었다. 차는 구청으로 들어가는 사거리 횡단보
도 앞에 멈춰 있었다.

"돈은 왜 주시는 거죠?"

"돈을 주는 것이 기분을 상하게 했습니까?"

선일은 자신의 손안에 구겨진 채 들려 있는 지폐
를 내려다보았다.

"이유가 없는 돈인 것 같아서요."

"제가 이 돈을 드리는 이유는 당신이 우리 구에
살고 있고, 무언가 문제가 있기 때문입니다. 저는 구
청장이고, 모든 문제를 해결할 수는 없지만, 적어도
제 귀에 들려온 문제에 대해서는 어떤 조치를 취할
필요가 있다고 생각합니다."

"그래서 이건 어떤 돈인데요?"

"돈에 의미가 있겠습니까?"

선일은 없는 답이라도 지어내라는 듯 구청장을 뚫어져라 보았다.

"보상금이라고 해두죠."

"무엇에 대한 보상인데요?"

"당신이 바라는 것에 관한 보상이라고 해야겠죠. 그걸 제가 정할 수는 없을 것 같습니다."

구청장이 그렇게 말하는 동안 차는 구청 주차장에 마련된 전용 공간에 주차를 마쳤다.

"혹시 필요한 일이 있다면 연락하십시오."

"어디로요?"

선일은 구청장이 자신에게 개인 연락처를 알려주는 것이 아닐까 내심 기대했다.

"우리 구청 대표 전화는 홈페이지에 안내되어 있습니다."

그 말을 들은 후 선일은 구청장이 건넨 돈을 주머니에 쑤셔 넣고 차에서 내렸다. 인사도 없이 돌아섰지만 아무도 그를 붙잡지 않았다. 구청에서 집까지 차로는 20분밖에 되지 않았다. 버스로는 한 시간. 걸어서는 두 시간이 넘을 것이었다. 그는 걷기로 했다. 그렇게 걸어가다가 점심을 사 먹고 물을 사 마셨다.

김나현

중간에 공원에 앉아 쉬다가 공원 근처 도서관에서 신착 도서를 훑고 카페에 들러 버터바와 에스프레소를 주문했다. 늦은 오후가 되어 동네로 돌아온 선일은 어제처럼 오늘도 계획한 일을 하나도 이루지 못한 채 하루가 저물고 있다는 것을 깨달았다. 주머니에 남은 돈을 다 써버리자는 생각으로 초밥집에 들어가 오도로초밥 세트 두 개를 샀다. 평소에는 비싸다며 한 번도 사 먹지 못한 것이었는데 막상 사고 보니 못 먹을 정도로 비싼 것은 아니었다는 생각이 들었다.

"나도 계획한 대로 못했어."

"바닐라라테는?"

"그건 했지."

"그럼 하나는 했네."

"바닐라라테가 인생에서 제일 중요한 것 같아."

선일이 어이없다는 듯 웃었다.

어느새 오도로초밥은 한 톨 남김없이 우리의 배 속에 들어가 있었다. 우리는 초밥 먹은 자리를 치운 후 다이어리를 가져왔고, 앞으로 할 일들을 생각했다. 무엇을 적을지 알 수 없어서 빈 노트를 펼쳐두고만 있었다. 그때 문자가 도착했다. 도대체 이 시간에 누구인가 싶었는데, 백 팀장이었다. '연락해볼 것'이라고 적힌 메시지 아래 업체의 이름과 전화번호가 적혀 있었다. 연달아 '생각이 나서 급히 보냄'이라 씌어진 문자가 보였다. 그 아래 링크를 누르자 입덧 사탕 사진이 나타났다.

　　— 임신을 축하함 — 백 팀장

　　샛노란 알사탕 사진을 보자 입안 가득 침이 고였다. 순간 백 팀장의 방에 쌓여 있을 라면 상자가 떠올랐다. 곧이어 파란 셔츠에 검은 바지를 입은 남자가 컵라면에 뜨거운 물을 붓는 모습을 상상했다. 그는 뚜껑이 말려 올라가지 않도록 노트 한 권을 라면 뚜껑 위에 올렸다. 몸을 웅크리고 앉아 면이 익기를 기다렸다. 그러다가 살짝 고개를 돌린 채, 벽에 걸린 시계에서 눈을 떼지 않았다. 과연 그는 누구일까? 나는 무척이나 궁금했다. 그러나 내가 멋대로 지어낸 상상에서조차 함부로 그 얼굴을 확인할 수는 없었다.

*

　　새벽녘 배가 아파 잠에서 깼다. 핏물이 변기 안에 번져 있었다. 예상대로 임신은 아니었다. 옷을 갈

　　　　　　　김나현

아입고 우유를 한 컵 데워 마신 후 진통제를 한 알 먹었다. 잠이 오지 않아 거실을 서성거리며 휴대폰으로 밤에 듣기 좋은 음악을 검색했다. 답답한 기운이 들어 창문을 열자 싸늘한 공기가 들어와 도로 문을 닫았다. 살짝 열어둔 침실 사이로 선일이 코 고는 소리가 엷게 들려왔다. 소파에 앉아 가만히 듣고 있으니, 앞으로 선일이 어떻게 될지 궁금해졌다. 정말 웹소설을 쓰게 될까. 아니면 예상치 못한 다른 인생을 살게 될까.

진통제를 먹어도 아랫배가 싸르르 아팠다. 정수기에서 뜨거운 물을 받아 조금씩 마셨다. 식탁에 컵을 내려놓고 모서리에 난 상처를 보았다. 도대체 언제 생긴 것인지 알 수 없었다. 이사를 마치고 포장재를 떼어냈을 때 식탁 모서리 한쪽이 패어 있었다. 선연하게 남은 그 자국을 부정할 수는 없었다. 식탁이 원래의 식탁과 달라진 것은 아니었다. 빌라에 살던 시절 그런 것처럼, 우리 부부는 그 식탁에서 밥을 먹고 술을 마시고 시답지 않은 이야기를 주고받았다.

지금 식탁에는 환한 속을 펼쳐 보인 다이어리가 놓여 있었다. 그것이 오직 감상될 목적으로 거기 있는 것처럼 한동안 바라만 보았다. 그것은 가능성 같아 보이기도 했다. 우리는 그 속에 두서없이 할 일을 욱여넣을 수도 있고 아무것도 채우지 않은 백지로 남길 수도 있었다. 무거운 닻이라도 내린 듯 조금도 움직이지 않는 그것을 보며, 나 역시 두 발을 묵직히 바닥에 디딘 채 멈춰 있었다. 발을 들어 올리면 새로운 날이 시작될 것 같은 기분이었다. 어제와 비슷한 오늘도 괜찮은 것인지 아무에게나 묻고 싶었다. 봄이 오고 있다는 걸 알았지만 눈앞에는 없었다. 정말로 오긴 오는 것인가. 다가올 계절이 아직은 믿어지지 않았다.

김나현

인터뷰   김나현×소유정

소유정 2021년 「안의 세계」로 자음과모음 신인문학상을 받으며 작품 활동을 시작하셨지요. 『휴먼의 근사치』(다산책방, 2022)라는 장편소설도 출간하고 「미동」(『에픽』 2022년 4/5/6월호), 「앙배의 이야기」(『자음과모음』 2022년 여름호)와 같은 단편을 발표하셨던 것도 생각이 나요. 데뷔 후 2년 동안 소설 작업으로 참 바쁘게 지내셨을 것 같은데 요즘은 어떻게 지내고 계신가요?

김나현 등단 후 나름대로 바쁘게 시간을 보냈어요. 작년에는 운이 좋게도 계절마다 단편을 발표하고 장편 출간도 했습니다. 개인적으로 진행하는 외부 작업이 있었고, 첫 소설집에 들어갈 원고도 정리하고, 대학원으로 돌아가 석사 과정도 마치느라 제법 분주했어요. 덕분에 앉아 있는 시간이 길어지면서 허리도 아프고 눈도 아프고 꽤나 몸이 소진되었습니다. 이래서는 안 되겠다, 운동과 마사지가 필요하다, 생각하면서 2022년을 마무리했던 것 같아요. 지금은 집 근처 헬스장도 다니고요. 두번째 장편을 쓰고 있어요. 지난여름부터 구상한 이야기인데 올여름까지 완성하는 게 목표입니다.

소유정 소설은 부부인 '나'와 '선일'이 다이어리에 내일의 계획을 기록하는 것에서부터 시작합니다. "계획이 있는 것과 없는 것은 하늘과 땅 차이"라는 선일의 신념에서 비롯된 행동이었는데요. 내년에 담당할 큰 규모의 프로젝트까지 이미 얼추 업무 리스트를 작성해둘 만큼 선일은 계획을 아주 중요시하는 사람입니다. 그런데 모든 일이 사람 맘처럼 되지 않고, 계획대로 되지 않는다는 걸 깨닫게 된 사건이 발생하지요. 진행 중이던 사업에서의 이슈로 인해 선일이 퇴사와 진로 변경을 결심하게 되었으니까요. 그리고 보면 '출근길 책 읽기' '바닐라라테 마시기' '일을 맡아줄 업체 찾기'라는 계획은 성취와는 별 관계가 없어 보일 만큼 평범한 것인데요, 이 중에서 하나도 지키기가 어려운 게 사실인 것도 같아요. 삶에 있어서의 큰 계획뿐만 아니라 하루의 작은 계획마저도 꼭 뜻대로 흘러가는 건 아니니까요. 지워지지 못하고 다음 날로 이월되는 계획들이 이를 더 효과적으로 보여주지 않았나 싶어요. 어긋나는 삶의 방향과 '오늘 할 일'을 연결시키고자 했던 특별한 계기랄지, 까닭이 있으실까요?

김나현 이 소설에는 '삶은 통제되지 않는 것' 혹은 '삶은 우연의 지배를 받는 것'이라는 개인적인 믿음이 반영되어 있어요. 사실 계획을 세우는 일이란 통제되지 않는 삶을 손에 쥐고 싶은 마음에서 시작되는 것 같거든요. 저의 경우, 지키지 못할 계획이라도 일단 종이에 써보는 걸 좋아해요. 삶이 예상대로 흘러가면 좋겠다는 소망인 거죠. 선일이 미리 업무 리스트를 작성하는 것도 그런 맥락에서 발생하는 행동일 거예요.

하지만 막상 소설이 시작하면 계획은 인물들에게 큰 영향을 끼치지 않는 희미한 것이 되어 있습니다. '나'와 선일 모두 계획에 무심해지지 않으면 더 크게 좌절하리라는 두려움을 학습한 상태이기도 할 거예요. 아무 준비도 되어 있지 않은데 임신을 했을까 마음을 졸이고, 쓸모없는 인간이 되어버린 게 아닌가 주변 눈치를 보고, 자신도 모르는 사이 나쁜 짓을 한 건가 스스로 의심하면서, 결국 그들이 삶의 방향을 숙고할 충분한 시간조차 갖지 못하기에, 이러나저러나 별로 상관없는 '오늘 할 일' 리스트를 만든 건 아니었나 싶습니다. 그러고 보니 '나'와 선일이 다시 기운을 차리고 새로운 소망을 갖기 위해서는 앞으로 더 많은 시간이 필요할 거란 생각이 드네요.

소유정 중심 인물인 선일과 '나' 뿐만 아니라 '나'의 상사인 백 팀장 역시 주목할 만한 인물이라고 생각합니다. 백 팀장은 자신의 외도로 현재 이혼 소송 중에 있는데요, 윤리적으로는 결함이 있는 인물일지 몰라도 '나'에게만큼은 싫지만 어느 때엔 또 괜찮은 상사인 것 같아요. '나'는 백 팀장을 이렇게 평가합니다. "게으른 듯하지만 어느새 주어진 일을 능청스럽게 해내고, 사람들에게 기분 나쁜 농담을 던지기는 하지만 결정적으로 누구와도 적이 되지 않는 사람"이며 "그처럼 되고 싶은 것은 아니었지만 그렇게 되고 싶다 한들 그렇게 될 수 없을 것"이라고요. 주어진 업무를 잘 해내는 것뿐만 아니라 포스터 업체를 찾지 못해 헤매고 있는 '나'에게도 구원의 메시지를 보내주고, 레몬맛 입덧 캔디를 알려주며 (오해이긴 했으나) 임신 초기에는 조심하라 당부합니다. 달방을 살고 있는 모텔에서도 옆방의 아이들을 위해 라면 한 박스의 온정을 베풀기도 하는데요. 백 팀장이라는 입체적인 인물이 있기에 이 소설이 단조롭지 않은 재미를 획득했다는 생각이 들어요. 백 팀장에 대한 작가님의 생각은 어떨지가 궁금합니다.

김나현 백 팀장은 등단작 「안의 세계」에 나오는 백 과장과 비슷한 인물이에요. 일부러 같은 성을 붙였는데 동일 인물이 다른 두 소설에 등장한 것처럼 보이기를 바랐습니다. 이들은 애매하게 무례해요. 배려가 없고 조금 부담스러운 부탁을 하죠. 그래서 가까이하고 싶지 않지만, 막상 일대일로 만나 얘기를 하면 특별히 나쁜 점은 없어요. 저는 어딜 가나 종종 그런 사람을 마주쳤어요. 굉장히 예의가 없고 악랄해 보이는데, 우연히 대화를 하다 보면, 왜 나쁘지 않지? 왜 이 사람이 나를 이해하는 것 같지? 하면서 이상한 기분이 드는 사람이요. 어쩌면 나쁜 사람이 아니지 않나, 자신이 가진 거친 부분을 다듬지 않고 일부러 피곤하게 사는 게 아닐까, 그렇게 해석하고 싶기도 한데요. 지나친 미화일 수도 있겠네요. 어쨌든 저는 그런 인물에 관심이 가고 흥미를 느껴요. 당장 내일부터 안 보더라도 섭섭하진 않은데 어느 날 헤어진 애인처럼 불쑥 떠오르는 사람, 불쾌하면서도 애틋한 사람이요. 앞으로도 소설을 통해 그 사람을 잘 관찰해보고 싶어요.

소유정 백 팀장도 그렇지만 소설 속에서 너무 심각해지지 않고 웃고 넘어가는 지점들이 종종 있었어요. 술에 취해 선일의 멱살을 잡고 사기 결혼이라며 주정하는 '나'의 모습이나 '쿠우우우우우우' 하는 비행 소음 때문에 다음 문장으로 넘어가지 못하는 장면 등에서 재미있다고 느꼈거든요. 그러고 보니 「앙배의 이야기」라는 소설에서도 앙배의 말투 때문에 읽으며 몇 번 웃었던 기억이 있어요. 확실히 읽는 이가 지루해하지 않기를 바라는 게 느껴져요. 이는 다르게 말하면 쓰는 나 역시도 재미있게 쓰고 싶다는 마음에서 비롯된 게 아닐까 싶은데요. 소설 속의 이런 유머러스한 요소들과 쓰기에 있어서의 마음가짐은 어떻게 연결되나요?

김나현 먼저 재미있게 읽어주셔서 정말 감사드립니다. 얼마 전 저의 첫 장편인 『휴먼의 근사치』를 검색해보았는데요. 어떤 분이 블로그에 '짱잼'이라고 써주신 걸 보고 기분이 (저도 짱) 좋았어요. 재미있다는 말을 들을 때 진짜 힘이 나요. 그런 피드백에 에너지를 받는 걸 보니, 저는 재미있게 쓰고 싶은 사람인가 봐요. 말씀대로 독자들이 읽는 동안 지루하지 않기를 바라고, 무엇보다 저에게 있어서 쓰는 과정도 즐겁기를 바랍니다.

　소설을 쓸 때 되도록 분위기가 무거워지지 않도록 신경 써요. 그런 부분이 때때로 유머러스한 느낌을 줄 수도 있을 것 같아요. 저는 무겁지 않은 글, 읽는 동안 잘 흡수되는 글을 쓰고 싶어요. 단지 가독성이 높은 텍스트라기보다는 불필요한 무게를 잘 덜어낸 글, 좋은 에너지를 품고 독자와 호응하는 글을 어떻게 쓸 수 있을까, 혼자 고민해보고 있어요.

소유정 소설에서 선일이 구청장과 만나고 귀가로 이어지는 장면이 가장 기억에 남아요. 구청장을 만난다면 공군비행 훈련으로 인한 소음 피해 보상 지원금을 요구할 생각이었으나 선일은 어느새 퇴사 스토리를 줄줄 읊고 마는데요. 그의 이야기를 듣고 구청장이 쥐여주는 돈 10만 원이 선일의 퇴사 원인인 5만 원권 틴틴카드 두 장과 같다는 점은 의미심장하게 느껴집니다. "그래서 이건 어떤 돈"이냐 묻는 선일에게 "당신이 바라는 것에 대한 보상"이라는 답변까지도요. 이 돈은 선일에게 보상금은 아닌, "보상금 같은 돈"의 의미를 갖게 되지요. 때문에 그는 결국 아무것도 보상받지 못한 것만 같아요. "버터바와 에스프레소" "오도로 초밥 세트 두 개"로 사라진 10만 원처럼 텅 빈 기분이랄까요. 보상받을 수 없는 보상에 대해 더 부연할 부분이 있으실까요?

김나현 저 역시 선일이 보상받지 못했다고 해석해요. 구청장은 보상을 해줄 수 있는 인물도 아니거니와 방식도 옳지 않으니까요. 구청장이 보여주는 태도에서 언뜻 행정의 무심함을 엿볼 수도 있기를 바랐어요. 구청장이 선일에게 진심으로 위로를 건넬 마음이었다면, 적어도 선일이 차에서 내린 순간 당황해서 붙잡기라도 했을 거예요. 하지만 구청장은 돈을 주었으니 그것을 해결했다고 생각할지도 모르죠. 구청장의 입장에서만 보상일 뿐 선일은 그렇게 느끼지 않을 거예요. 그것은 비행기 소음 피해를 입은 사람에게 보상금을 주는 것과 비슷한 것 같아요. 수년을 소음에 시달리다가 얼마의 돈을 손에 쥐게 되면 그때부터 보상받은 사람이 되어버리는 거예요. 그런데 정말 보상을 받은 게 맞을까요? 많은 경우에 있어, 피해와 보상이 등가로 교환되는 건 아닌 것 같아요. 어쩌면 대부분의 보상이 '보상 같은 것' 수준에서 멈춰버리는 게 아닌가 싶고요. 아마도 그 조차도 없는 상황이 더 많겠지요.

소유정 소설의 결말이 인상 깊었던 까닭은 쉽게 봉합하지 않으려고 했기 때문이라는 생각이 들어요. 선일과 '나'의

불투명한 미래 속에서 애써 희망을 보려는 것보다 이렇게 인정하는 태도에 미덕이 있다고 느꼈어요. 아무리 전날 저녁 '내일 할 일'을 적어두고 계획해도 그 중에서 어떤 일을 할 수 있는지, 했는지는 '오늘'이 되어봐야 알 수 있는 것처럼요. 다이어리가 "무거운 닻" 같기도 또는 "가능성 같아 보이기도" 하는 까닭이 바로 그 때문이겠죠. 이러한 결말에 대해 덧붙이고 싶은 이야기가 더 있을지 궁금해요.

김나현 애초에 이렇게 끝낼 계획은 없었어요. 퇴고를 하면서 조금씩 이야기가 바뀌었고, 어느 순간부터는 식탁에서 시작한 이야기를 식탁에서 끝내자고 단순히 생각했어요. 돌이켜보면, 모서리가 긁혀 상처 난 식탁이 여전히 식탁 역할을 충분히 할 수 있듯이, 사람도 삶의 방향이 틀어진다 해도 자기답게 충실히 살아갈 수 있는 게 아닌가, 긍정해보고 싶었던 것 같아요. 하지만 소설 속 '나'의 입장에서 당장은 그게 잘 안 되었고, 쓰고 있는 저도 인물과 함께 그 자리에서 같이 망설이게 되었어요. 이 사람이 여기서 가능성이 보이는 쪽으로 발을 못 떼는구나, 하면서 격려하고 싶은 마음에 좀 희망적인 톤으로 바꿔

보려고도 했어요. 하지만 그게 어울리지 않았어요. 그래서 일단 소설이 멈춰야 하는 자리가 바로 여기 구나 알게 된 것 같아요.

소유정 앞으로의 소설적 계획과 연관 지어 작가님의 '오 늘 할 일'은 무엇일지요?

김나현 올 초부터 딱히 별다른 일이 없어서 이제 장 편 작업에 몰입하자 각오했는데, 의외로 이런저런 일정이 생기면서 글쓰기가 점점 뒤로 밀렸어요. 그 래서 최근에는 매일 90분을 쓰자고 마음먹고 스톱워 치를 맞춰 쓰고 있습니다. 얼마 전 존 르 카레가 작가 생활 초기에 90분씩 글을 써서 소설을 완성했다는 이야기를 보고 힌트를 얻었거든요. 아마 그가 첩보 요원으로 활동하던 시기에 그렇게 글을 쓰지 않았나 싶어요. 첩보 활동과 비교하자니 저의 활동량이 매 우 빈약하지만, 일단 정해둔 시간만큼 매일 쓰고 있 습니다. 오해가 생길까 말씀드리면, 저는 존 르 카레 의 소설을 읽지 않았어요. 다만, 작가들의 작업 시간 이 언급되어 있던 그 기사에서 제가 좋아하는 앨리 스 먼로는 하루 세 시간을 쓴다고 하여, 현실적으로 타협을 하다 보니 르 카레처럼 쓰기를 선택했습니다. 정리를 하자면, 저의 오늘 할 일은 '90분 글쓰기'가 되겠어요. 가능하다면 조만간 존 르 카레의 소설을, 그가 일하던 비밀 정보부에 사표를 던질 수 있게 해준 『추운 나라에서 돌아온 스파이』 읽기를 오늘 할일에 추가해보겠습니다.

사랑과 결함

예소연

2021년 『현대문학』을 통해 작품 활동을 시작했다.

잠을 많이 자면 머리가 이상해진다. 그런데 나는 그 이상해지는 느낌이 좋다.

　고모가 나에게 한 말 중 유일하게 동의할 수 있는 말이라고 생각했다. 해가 질 무렵부터 꾸벅꾸벅 졸다가 침대에 누워 다음 날 오후가 될 때까지 자다 깨기를 반복했다. 그런 생활을 일주일간 지속하다 멀뚱히 천장을 바라보고 천천히 고개를 끄덕이고 말았던 것이다. 수긍. 나는 처음으로 고모의 말에 수긍했다. 잠을 오래 자다 보면 고즈넉하게 늙는 기분이 들었다. 치열하지 않아서 좋았고 남몰래 시간이 흘러간다는 느낌이 들었다. 나는 얕은 잠에 빠져드는 그 순간을 좋아해서 놓치지 않으려 애썼다. 잠들기 직전의 희미한 의식을 붙잡으려고 노력했다. 하지만 번번이 놓치고 말았다. 이따금 문득 깨어났을 때, 이번에는 거의 성공할 뻔했다는 느낌이 들 때도 있었다.

코끝이 시렸다. 이불을 둘둘 말고 있어 몸은 따끈따끈한데 코만 시렸다. 엄지와 검지로 코를 쥔 채 생각했다. 이대로는 안 되겠다. 전기장판을 꺼내야지. 그제야 몸을 일으키고 냉장고에서 단백질 음료를 하나 꺼내 마셨다. 일어나서 주위를 둘러보다가 한숨이 나왔다. 아무렇게나 쌓인 배달 음식 쓰레기들이 널브러져 있었고 바닥에는 머리카락과 먼지가 한데 뭉쳐 뒹굴고 있었다. 근래 밤마다 마른기침을 많이 하고 비강이 잔뜩 부었는데 단순히 비가 많이 와서 비염이 도졌다고만 생각했다. 어떻게 단순히 비가 많이 와서라고만 생각할 수 있지. 나는 스스로 의아했다.

모카 포트로 커피를 끓이면서 최근 일주일 중 지금 가장 생산적인 일을 하고 있다는 생각이 들었고 그렇게 생각한 나 자신이 웃겨서 중얼거렸다. 생산적인 일. 전기장판을 꺼내 이불 밑에 깐다면 오늘 하루는 그것만으로 가장 생산적인 하루가 될 것이었다. 추출한 커피에 끓인 물을 붓고 베란다에 가서 호로록

예소연

마셨다. 비가 내리고 있었다. 올해는 정말 비가 많이 내렸다. 또 거실 벽이 젖겠구나. 그러던 중 수에게 문자가 왔다. '줄 게 있어.' 애써 무시하려고 했다. 하지만 고지서 관련 메시지를 클릭하려다 실수로 수의 메시지를 클릭해버렸다. 그러자 수에게 뜰 읽음 표시가 신경 쓰였고 인터넷에 '읽음 표시 안 뜨게 하는 법'을 검색했다.

나는 수가 장례식에 오는 게 진심으로 불편했다. 그래서 두 번을 거절했고 그럼에도 수는 정말 왔다. 굳이 조문하러 오는 사람의 방문을 세 번이나 거절하는 건 예의가 아니라는 걸 주워들었기 때문에 말릴 수 없었다. 수는 으레 어른들이 하는 것처럼 자연스럽게 흰 봉투에 빳빳한 지폐를 담아 부조를 하고 영정 사진 앞에 조의를 표했고 상주와 맞절을 했으며 그 옆에 있는 나를 가볍게 안아주었다. 그리고 육개장은 괜찮으니 떡과 귤만 좀 가져다 달라고 했다. 수는 소주를 마시며 말했다. 나는 네 고모가 좋은 사람이라고 생각해서 온 거야.

수의 목소리는 얇고 높아서 어딘지 무른 사람 같은 인상을 주었다. 하지만 나는 그래서 수를 사랑했다. 대수라는 이름이 너무 촌스럽고 남성적이어서 수라고 불러달라던 수를 사랑했다. 나의 아버지는 낯선이가 자신의 이름을 알아듣지 못할 때 김, 상, 남, 상남자 할 때 상남 말이오, 하고 말하는 사람이었기 때문에. 하지만 내가 수와 6년간 함께했던 시간을 뒤로하고 헤어짐을 결심했던 이유는 저런 식의 태도 때문이었다. 그러니까, 네 고모가 좋은 사람이라고 생각해서 온 거야, 하는 식의 태도.

　　수는 소주 한 병을 다 비우고 갔고 엄마는 나에게 속 쓰릴 텐데 육개장 한 그릇이라도 먹이지 그랬냐며 핀잔을 주었다. 나중에 만나면 꼭 밥이라도 든든히 먹여라. 엄마는 언젠가 내가 수와 다시 만날 것을 알고 있는 사람처럼 굴었다. 나는 수에게 빚을 지고 말았다는 생각이 들었고 그 빚이 내 의지로 생긴 게 아니라는 점 때문에 속이 끓었다. 나는 결국 커피를 다 마시고 담배를 한 대 피운 뒤 수에게 전화를 걸었다. 얼마 지나지 않아 수가 전화를 받았다. 어. 나도 응답했다. 어. 수는 잠시 뜸을 들이다가 말했다. '줄 게 있어.' 나는 손등으로 눈을 비비며 대답했다. 어디로 가면 돼?

　　　　　예소연

*

순정은 아버지와 열다섯 살 터울이 나는 누나였
다. 할아버지는 아버지가 태어나고 얼마 지나지 않아
사고를 당했고 할머니는 아버지가 여섯 살 때 위암으
로 돌아가셨다. 순정은 젊은 나이에 간병 일을 하며
아버지를 키웠다. 삼수 끝에 아버지가 대학에 입학한
후 그제야 제 삶을 돌아본 순정은 이미 마흔을 바라
보는 나이였고 결혼 적령기가 한참 지났다는 걸 깨달
았다. 그러니까 내가 이러다 큰일 나겠구나, 얼른 시
집가야겠단 생각밖에 안 한 거야. 그렇게 말하는 순
정은 어쩐지 들떠 보였다. 언놈은 몇 가닥도 안 되는
머리에 무스를 바르고 나오지, 언놈은 다방에서 커피
를 마시는데 재떨이에 가래를 쿠아악, 정말 그랬다니
까. 그러면 아홉 살이었던 나는 순정의 무릎에 앉아
턱을 치켜들고 물었다. 규철 아저씨는?

　그때 당시 우리 가족은 방 두 개짜리 20평의 낡
은 복도식 아파트에서 아버지와 엄마, 나와 순정까지
넷이서 함께 살았다. 순정은 그 당시 내가 자신을 순
정이라고 불러주길 바랐다. 순정은 자신의 이름을 좋
아했다. 언제부터 순정을 그저 고모라고 부르게 되었

는지는 기억이 나지 않는다. 하지만 처음으로 순정을 순정 대신 고모라고 불렀을 때, 담담히 돌아보던 그 모습만은 기억에 남아 있다.

한 층에 여섯 세대가 다닥다닥 붙어 있었기에 나는 같은 층의 친구들과 쉽게 친해질 수 있었다. 주로 세 명이서 몰려다녔는데 롤러브레이드를 타거나 역할극을 했다. 역할극을 할 때는 주로 내 방이자 순정의 방에서 했다. 맞벌이를 하는 집이 우리 집밖에 없었기 때문이었다. 순정은 우리를 위해 거실로 자리를 피해주었고 빌려 온 비디오 따위를 보며 진득하게 앉아 담금주를 마셨다. 나와 친구들은 밀폐되고 퀴퀴한 냄새가 나는 작은 방에 둘러앉아 가상의 남편을 설정했다. 주로 조성모와 유승준, 한경일이었다. 조성모가 가장 인기가 많았고 그다음이 유승준이었다. 우리는 나름 치열하게 자신이 그날그날 원하는 남편을 사수했지만, 암묵적으로 한 수 물러날 때도 있었다.

순정과 엄마는 우리가 그저 소꿉장난 비슷한 놀이를 한다고 여겼을 것이다. 하지만 아홉 살짜리가 그렇게 고리타분한 놀이를 한다고 생각하는 건 어른들의 착각일 뿐이었다. 우리는 한 명씩 방의 모서리에서 등을 보인 채 서서 눈을 감았다. 그러면 다른 한

　　　　　　　예소연

명이 모서리에 있는 사람의 바지를 벗기고 또 나머지 한 명이 팬티를 벗겼다. 모서리에 선 사람은 정말 수치스러워서 견딜 수 없다는 듯이, 소리를 질렀다. 그리고 다시 아무렇지 않은 표정으로 팬티와 바지를 추켜 입은 뒤 다음 타자가 모서리에 섰다. 그렇게 한 바퀴를 돈 후 우리는 재빨리 인형을 티셔츠 속에 구겨 넣었다. 그리고 서로의 손을 잡고 각자의 남편을 부르며 고통스러운 표정을 지었다. 우리의 상상 속에서 서로의 손을 다정스레 잡아준 이는 남편이었으며 함께 선명한 출산의 고통을 겪고 있었다.

어느 날은 작은 다툼이 생겼다. 그날따라 누구도 한 수 물러나려 들지 않았기 때문이었다. 셋은 모두 조성모 아니면 유승준을 남편으로 삼겠다고 어깃장을 놓았고 한경일을 남편으로 삼겠다는 사람은 없었다. 그때 나는 유난히 양보를 하지 않는 친구 하나가 문득 얄미워졌다. 조성모를 남편으로 삼은 횟수가 유독 많은 친구였다. 나는 새침하게 말했다. 규리야, 드세고 제멋대로인 여자는 결혼 못 하는 거 알지? 그러자 규리가 기다렸다는 듯 쏘아붙였다.

"그러는 너네 고모는? 소박맞았잖아."

그때 나는 소박의 의미를 너무도 잘 알았다. 남편

이 아내를 내치는 것. 그제야 왜 순정과 함께 살게 되고 나서 고모부를 규철 아저씨로 부르라고 했는지 알 수 있었다. 나는 얼굴 쪽으로 피가 잔뜩 몰리는 것을 느끼며 자리에서 일어났다. 어디 가는데? 화장실.

최대한 아무렇지 않은 척 대답한 뒤 방문을 열었을 때, 그곳에는 순정이 있었다. 나도 모르게 숨을 훅 들이켰다. 순정은 난생처음 보는 싸늘한 표정으로 나와 친구들, 좁은 방에 널브러진 인형을 둘러보았다. 인형 하나는 다른 친구의 티셔츠에 들어가 있었다. 순정은 미천한 백성 위에 군림하는 왕처럼 큰 소리로 외쳤다.

"정말 불경한 아이들이구나."

그 순간 누군가가 딸꾹질을 시작했다. 돌아보니 규리가 눈에 눈물이 그렁그렁 맺힌 상태로 입을 틀어막고 있었다. 하지만 딸꾹질은 멈추지 않았고 장난감 오리에서나 나올 법한 꽥꽥거리는 소리가 몇 분간 지속되었다. 순정은 한숨을 쉬고 규리 옆에 앉아 코와 입을 단단히 틀어막았다. 견딜 수 있을 때까지 견뎌 봐. 그러면 멈출 거야. 번들거리는 순정의 손가락 마디마디는 잔주름이 깊고 정성스레 잡혀 있었다. 순정은 규리가 더 이상 참을 수 없다는 듯 신음을 흘리고

예소연

틀어막은 손등을 할퀼 때까지 규리를 놓아주지 않았
다. 그리고 놀랍게도 딸꾹질은 단숨에 멈췄다.

*

수를 만난 곳은 동대문역 근처에 있는 중식당이
었다. 사귀었을 당시 자주 왔던 곳이니만큼 자연스레
메뉴를 주문했다. 공심채볶음과 가지튀김, 옥수수면
두 그릇. 그리고 처음에는 하얼빈 맥주를 시켰다가
나중에는 소주로 주종을 바꿨다. 서로 술을 주거니
받거니 하며 시답지 않은 근황을 이야기했다. 내 모
티베이션은 불안이래. 누가 그래? 의사가. 그러자 수
는 골똘히 생각하더니 그런 것 같기도 하다며 고개를
끄덕거렸다.

"왜?"

"너는 약속이 파투 날까 걱정되면 늘 떠보잖아."

"내가 언제?"

"여행 가기 전날에 수건 챙겼냐고 물어보고, 약속
30분 전에 무슨 색 셔츠를 입었냐고 물어보잖아."

"그게 왜 떠보는 거야."

"떠보려는 것만은 아니라고 할 수 있지. 하지만

완전히 아니라고 할 수 있어?"

나는 말없이 잔을 들어 수와 짠을 했다. 귀신 같은 자식. 그렇게 서로 이런저런 이야기를 꺼내놓으면서도 수가 가져온 커다란 쇼핑백이 신경 쓰였다. 현대백화점 쇼핑백이었는데 심지어 가장 최근에 출시된 친환경 디자인 쇼핑백이었다. 술값은 내가 계산해야 하나. 2차도 간단히 해야겠다. 안에 뭐가 들었는지는 모르겠지만, 어쩐지 그래야겠다는 생각이 들었다. 육개장 한 그릇이라도 먹이지 그랬니. 엄마의 핀잔 섞인 목소리가 귓전을 울렸다.

"사실 이거 때문에 보자고 한 거야."

조심스럽게 아랫부분을 받쳐 쇼핑백을 건네는 수는 꽤 긴장된 표정이었다. 나 역시 아래를 받쳐 받아 들었는데 묵직하고 단단하고 나름 커다란, 곡선을 가진 무엇이었다. 왠지 모를 기대에 부풀었던 나는 쇼핑백 안을 확인하고 터져 나오는 허탈한 웃음을 참지 못했다. 이걸 왜 나한테? 아니, 이게 왜 너한테? 물음표가 와다닥 머릿속에 떠올랐지만, 쉽사리 말을 꺼낼 수 없었다. 수가 건넨 건 다름 아닌 로봇 청소기였다.

"내가 갖고 있을 게 아닌 것 같아서."

수는 그렇게 말하고 작게 기침을 한 뒤 맥주 한

병을 더 시켰다.

"이게 왜 너한테 있어?"

"받았으니까."

나는 소주와 맥주를 일대일 비율로 섞는 수를 가만히 바라보았다. 저 황금 비율은 내가 알려줬다. 소주잔 기준 소주 한 잔, 맥주 한 잔을 따라 섞으면 기가막히게 양주 맛이 났다. 무슨 양주라고는 말할 수 없지만, 적당히 독하고 적당히 단맛이 나는 양주 맛. 그러니까, 소맥은 소주의 맛과 맥주의 맛을 적당히 조합해 균형을 맞추는 게 중요했다. 뭐든지 적당히. 웃기는 말이지만 어디에도 들어맞는 말.

"누구한테?"

정말 물어보고 싶지 않았지만, 물어보지 않고는 견딜 수 없었다. 스크래치가 잔뜩 나고 딱 봐도 연식이 오래된 것으로 보이는 이 로봇 청소기는 내가 고모에게 선물로 준 것이었다. 엄밀히 말해 선물이라기보다는 뇌물 공여에 가까웠지만.

"몇 번 만났어. 내가 금융 관련 문제를 해결해드렸거든."

그래서 말했잖아. 정말 좋은 사람이었다고. 네가모르는 게 있어. 수는 그렇게 말하고 양주 맛이 나는 소맥을 들이켰다. 나는 수가 단순히 은행에 몇 번 동행하는 걸 가지고도 '금융 관련 문제'라고 이야기할 수 있는 사람이라는 걸 알았다. 내가 여기서 화가 나는 맥락은 내가 그에 대해 모르는 게 있다거나, 고모를 감히 좋은 사람이라고 평가한다거나 하는 게 아니었다. 그 '금융'이라는 단어를 쓰기까지, 주의 깊게 적합한 단어를 골라냈을 그의 세심함이었다. 나는 늘 그런 종류의 세심함으로부터 수가 정말 나에 대해 한 치도 알려고 하지 않았다는 것을 깨달았다. 그렇게 신중하게 골라내며 선별한 단어가 종국에는 나를 초라하게 또는 아프게 만들었기 때문이었다.

하지만 수는 선하고 다감한 사람이었다. 환경에도 관심이 많아 현수막을 재활용해 만든 에코백을 들고 다니고 지하철 바닥에 놓인 돈 통을 지나치지 못하는 사람. 내가 약속에 한 시간이나 늦어도 덕분에 책 한 권을 다 읽었다며 넉살 좋게 웃는 사람. 한번은 내가 자전거를 타다 넘어진 적이 있었다. 수는 자기가 타던 자전거를 팽개치고 단숨에 달려와 까진 무릎을 살펴보았다. 그리고 아까워서 어떡해, 예쁜 무릎, 아까워, 하며 심지어 털까지 난 내 무릎을 너무도 소중하게 여겨주었다. 그리고 결정적으로 내 고모의 금융 관련 문제를 해결해주었다.

　나는 그 금융 관련 문제가 도대체 무엇인지 물어보고 싶었지만, 쉽사리 질문이 나오지 않았다. 장례를 치른 지도 얼마 지나지 않았는데 돈 문제에 민감한 사람처럼 보일까 걱정이 되었다. 나는 얼마 남지 않은 소주와 맥주를 잔에 전부 붓고는 탈탈 털어 마셨다. 수가 어정쩡하게 상체를 일으키며 왜 그래, 했다. 수는 내가 불편해할 때 그 이유를 전혀 알지 못했고 그러다 보니 언제 어떨 때 불편해하는지를 몰라 늘 전전긍긍했다. 나는 시원하게 잘 마셨다는 의미로 눈을 동그랗게 뜨고 입꼬리를 올려 장난스레 웃었다. 그리고 말했다. 가자! 나와 수는 소주 두 병에 맥주 세 병을 마셨고 음식값을 포함해 7만 원 정도가 나왔다. 나는 카드를 내미는 수를 가까스로 밀어내고는 혼자 술값을 냈다. 그리고 중식당 문을 나서며 말했다. 나 집까지 데려다주면 안 되나.

*

　순정은 규리가 말한 대로 늘그막에 애 딸린 남자와 결혼을 한 뒤 1년도 지나지 않아 소박맞은 사람으로 소문이 나 있었다. 그런데 순정은 그 소문을 낸 당사자가 나의 엄마, 민애라고 확신했다. 왜 그런 확신을 했는지는 아무도 알지 못했다. 순정은 일을 그만두고, 몇 번 선을 보다가 소문대로 결혼과 이혼을 같은 해에 치른 후 몇 달 뒤 내 방에 자기 짐을 부려놓았다. 그리고 고모부를 규철 아저씨라고 부르라고 해놓고선 나에게 이혼에 대해 일언반구도 하지 않았다. 물론 엄마와 아버지도 그랬다. 사실 말만 하지 않았을 뿐 그때 순정은 모든 걸 놓아 버린 사람처럼 굴었다. 술을 많이 마셨고 대다수 사람을 미워했다. 하지만 엄밀히 말해 적어도 나는, 그렇게 말할 수 없는 사람이었다. 누구보다 순정의 사랑을 흠뻑 받고 자란 아이였기 때문에.

순정은 일주일에 두 번 미사를 드렸다. 항우울제 및 각종 신경안정제로 무겁고 나른해진 몸을 이끌고도 기어이 성당에 나갔다. 그때마다 빠짐없이 나를 데려갔다. 세례를 받기 위해서는 예비 신자 교육에 6개월 동안 참석해야 했다. 그게 너무 싫어서 괜히 자는 척을 할 때도 있었다. 내가 좋았던 것은 그저 아름다운 미사포를 쓴 순정 옆에서 예배를 드리고 순정이 받아먹은 영성체를 입에 넣는 일이었다. 처음 순정이 영성체를 받아먹는 장면을 보았을 때, 나는 그것이 너무도 먹음직스러워 보여 견딜 수가 없었다. 그래서 냉큼 손을 내밀었고 순정은 난감해하며 내 조그만 두 손을 한 손으로 덮고 내렸다.

세례를 받지 못한 사람은 영성체를 받을 수 없어. 나는 순정의 단호한 목소리에 입도 벙긋하지 못했다. 순정은 그런 구석이 있었다. 어린이를 꼼짝 못 하게 할 수 있는 절제된 위압감. 하지만 다음 미사 때부터 순정은 눈치를 좀 보다가 자기 입에 넣었던 영성체를 재빨리 꺼내 내 입에 넣어주었다. 눅눅해진 영성체는 한순간 혀에 녹아들었다. 그렇게 순정은 미사 때마다 영성체를 자기 입에서 내 입으로 옮겨 주었고 나는 잘도 받아먹었다. 나중에 천주교 신자인 친구에게 이 이야기를 들려주었을 때, 그제야 그 행위가 몹시 불경했다는 것을 알 수 있었다. 아직도 그때 신부님이 읊은 구절이 기억난다. 너희는 모두 이것을 받아먹어 라. 이는 너희를 위하여 내어 줄 내 몸이다.

한편 순정은 엄마를 끔찍이도 싫어했다. 이유라 면 어떤 게 있을까. 사람이 사람을 미워하는 이유야 많겠지만 아무리 미워도 그럴 수가 있나 싶을 정도 로, 순정은 엄마를 미워했다. 엄마는 아버지와 결혼

할 때만 해도 몸만 오라는 말을 철석같이 믿었다고
했다. 아버지가 정말 그렇게 말했고 또 순정도 세간
살이나 집 평수는 천천히 늘려가는 맛이 있다며 맞장
구를 치기도 했다. 그런데 엄마가 막상 왔을 때 순정
은 이미 술이 다 된 얼굴로 손가락질을 한 것이었다.
어느 새댁이 밥솥 하나도 없이 살림을 차리냐!

　　엄마는 그날 당장 백화점에 가서 개중 가장 비싼
휘슬러 압력 밥솥을 산 뒤 품에 안고 집으로 돌아왔
다. 정말 순정은 밥솥 하나 사 오지 않은 엄마가 그렇
게나 싫었던 것일까. 당시 나는 순정이 소박맞은 이
유가 엄마에게 못되게 굴어서라고 생각했다. 그때는
그런 게 당연한 질서라고 생각했으니까. 보도에서 손
을 들고 길을 건너는 것처럼. 엄마에게 옳지 못한 소
리를 할 때마다 순정은 그런 식으로 자기 삶을 해치
고 있는 거라고 굳게 믿었다. 그래도 부정할 수 없는
사실은 나는 나에게 사랑을 흠뻑 주는 고모를 흠뻑
사랑했다는 것이다. 그 어린 나이에도 순정 앞에서
절대로 엄마의 편을 들면 안 된다는 걸 알았다. 그 시
절의 나에게 사랑이란 그런 식으로 모종의 불안을 동
반하며 아슬아슬한 선을 넘나드는 무엇이었다.

　　언젠가 엄마가 알탕이 먹고 싶다고 한 적이 있었

다. 그때 당시 나는 알탕을 한 번도 먹어본 적이 없었는데, 엄마는 와득 깨물면 입안에서 톡톡거리는 식감이 나는 김치찌개라고 설명했다. 얼마나 흥미로운 맛인가. 파핑 캔디의 김치찌개 버전일까? 나는 단숨에 가자! 했고 엄마도 가자! 했다. 그런데 막상 먹은 알탕은 생각했던 그 맛이 아니었다. 그 맛이 정확히 뭔지는 몰랐는데, 어쨌든 '그 맛'은 아니었다. 알도 알처럼 생기지 않고 징그럽기만 했다. 나는 속상해서 울음을 터뜨렸고 엄마는 꿋꿋이 내 몫에 든 알까지 모조리 건져 간장에 찍어 먹었다.

그날부터 시작되었다. 엄마는 일간 신문을 읽다가도 활자 너머로 따가운 시선이 느껴진다고 했다. 그래서 신문을 접어 그쪽을 바라보면 그곳에서 순정이 베란다 건너 하늘을 보고 있다는 것이었다. 네 고모가 나를 째려보니? 엄마는 그렇게 물었고 나는 모른 척했다. 하지만 나는 순정의 소름 끼치는 시선을 똑똑히, 그것도 몇 번이나 본 적이 있었다. 그 독기 어린 눈빛에 대한 진실은 엄마가 목놓아 울며 아버지에게 토로하고, 아버지가 순정의 어깨를 흔들며 도대체 왜 이러는 거냐고 소리를 질렀을 때야 밝혀졌다. 이유는 생각보다 간단했다. 자기 빼고 알탕을 먹으러 가서. 정말 그뿐일까? 적어도 나와 엄마에게는 그뿐이었다. 남몰래 아끼던 수제 비누를 맘대로 썼을 때, 유통기한 지난 음식을 말도 안 하고 버렸을 때 그런 식의 괴롭힘이 일어났고 짧게는 사흘, 길게는 한 달까지도 갔다. 이 모든 괴롭힘은 정확히 엄마에게만 가해졌다. 더 놀라운 것은 순정이 이웃에게 늘 친절했다는 것이다. 사랑스럽고 인심이 좋으며 넉살 두둑한 마흔 중반의 여자. 하지만 애 딸린 남편에게 소박맞은 여자. 그러니까 드세고 제멋대로일 수도 있는 여자. 그 당시 나는 순정과 흠뻑 사랑에 빠져 있었지만, 어느 순간부터 참을 수 없이 미워지기 시작했다.

*

나와 수는 얼큰하게 취해 있었다. 청계천을 걸으며 수가 몇 번 손을 잡으려고 시도했지만, 나는 자연스럽게 현란한 노래방을 가리키고 돌부리에 걸린 쓰레기를 주우며 절대로 분위기가 그런 쪽으로 향하지 않도록 노력했다. 요즘 수는 닌텐도로 포켓몬 게임을 다시 한다고 했다. 잡을라치면 단데기가 너무 많이 나와서 실망만 하게 된다며 휴대폰으로 단데기 이

미지를 보여주었다. 알고는 있었지만, 다시 보니 퍽 개성 있는 생김새였다. 초승달 모양의 무료하게 생긴 번데기. 기술이 형편없어? 내가 묻자 수가 대답했다. 그냥 '단단해지기'가 기술이야.

"야, 단데기도 단단해지느라 바빠."

"네가 단데기를 어떻게 알고."

"몰라도 알겠다."

사실 그렇게 말하면서도 백팩에 겨우 구겨 넣은 로봇 청소기가 신경 쓰였다. 나는 틈을 봐서 수가 어떻게 고모에게 로봇 청소기를 받았는지 알아내고 싶었다. 그리고 그 금융 관련 문제가 도대체 무엇인지.

"근데 고모한테 왜 로봇 청소기를 사 드린 거야?"

"왜?"

"사용 방법도 잘 모르시던데."

"그래서 사 준 거야."

버튼 하나만 알면 작동이 간편하니까. 처음 스캔 모드를 설정해두면 방 넓이와 구조물을 전부 파악해서 저장하니까. 그다음은 버튼만 누르면 알아서 이리 저리 구조물을 피해 먼지를 흡입한다. 물론 상세 버튼은 주로 엄마가 조작했지만, 고모는 적어도 버튼을 끄고 켜는 방법은 알았다. 로봇 청소기는 켜는 순간

먼지를 빨아들였고 끄는 순간 제 위치를 찾아 들어가 스스로 배터리를 충전했다. 엄마는 고모가 청소기를 줄곧 잘 사용한다고 했다.

"저기 봐라."

나와 수는 종로 쪽에 다다랐을 때 청계천에서 올라와 도심을 걸었다. 새벽 두 시쯤 되었는데 거리에는 술 취한 사람들이 잔뜩 있었다. 그중 수가 가리킨 이들은 두 손을 맞잡고 길바닥에 쓰러져 있는 여와 남이었다. 정말 이상한 자세로 누워 있어서 우리는 그냥 지나치기가 어려웠다. 그러니까 꼭 함께 스트레칭을 하는 모양으로, 양다리를 찢은 상태로 두 손을 잡은 뒤 각자 서로의 반대쪽 어깨에 기대고 있었다. 나는 그들에게 가까이 다가가 눈을 뜨고 있는지 감고 있는지 유심히 살펴보았다.

"그냥 가자."

"그러다 큰일 나. 입이라도 돌아가면 어떡하냐고."

"커플이잖아."

나이브하긴. 나는 그렇게 생각하면서 여자를 먼저 깨웠다. 꽤 떨어진 곳에 가방 하나가 널브러져 있었다. 가방을 주워 올 동안 여자는 미동도 하지 않았다. 이번에는 여자의 어깨를 잡고 목을 세운 뒤 가방

예소연

을 사선으로 걸어주었다. 그러자 여자는 눈썹을 찌푸린 채 번뜩 일어나 가방끈을 잡았다.

"위험해요."

내가 그렇게 말하자 여자는 잠시 주위를 둘러보더니 제 앞에 있는 남자를 보고 화들짝 놀랐다. 그리고 꾸벅 인사를 한 뒤 비틀거리며 도망치듯 자리를 떴다. 남자는 이마를 기대었던 여자의 어깨가 사라지자 금세 휘청거리며 뒤로 고꾸라졌다. 나는 의기양양한 표정으로 수를 돌아보았다. 그러자 수가 입맛을 다셨다.

"내가 가서 깨웠으면 화냈을 거지?"

"왜 화를 내겠어."

"나서지 말라고."

아무 말도 하지 못했다. 정말 수가 나서서 그 둘을 깨웠다면 나는 짜증을 부렸을 확률이 높다. 수가 늘 그런 식으로 자기 삶을 정당화하려 든다고 생각했을 테니까. 삶은 기괴한 얼굴을 하고 있다. 나는 그 기괴한 얼굴을 들여다보는 게 중요하다고 생각했다. 그런데 수는 도무지 그 기괴한 얼굴을 들여다보려 하지 않는 것만 같았다.

고모에게 로봇 청소기를 사 준 건 5년 전쯤이었

다. 작은 교육 마케팅 회사에 취직해서 입사를 앞두고 있었고 꽤 큰 규모의 마케팅 공모전에 당선되면서 가족 모두 겹경사라며 좋아했다. 고모는 그즈음 안 아픈 날이 없어 매일 방에서 지냈다. 밥도 엄마가 정갈하게 차려 방문 앞에 두면 한참 뒤에 문을 열고 가져가 다 먹은 뒤 빈 그릇만 내놓았다. 나는 금의환향 하듯 집에 와서 엄마가 차려준 밥을 두 그릇이나 해치웠다.

문제는 다름 아닌 식기세척기였다. 손가락에 염증이 생겼다는 엄마에게 아주 오래전부터 식기세척기를 사주고 싶단 생각을 했다. 상금을 받은 김에 결국 구매하기로 마음을 먹은 것이다. 하지만 웬만한 식기세척기는 부엌의 하부 장을 트고 설치하는 방식이었다. 우리 집 부엌은 상부 장이 없는 구조였기 때문에 높이가 높고 속이 깊은 하부 장을 최대한 촘촘하게 설치해둔 상태였다. 결국 나는 싱크대 옆 남는 공간에 올려둘 수 있는 4인용 식기세척기를 구매했고 기사는 단숨에 적절한 자리를 찾아 설치해주었다. 가격은 다른 상품에 비해 저렴한 데다가 엄마에게 부엌 구조에 따른 최선책이라며 합당한 설명을 해줄 수 있어 나름 만족스러웠다.

예소연

그런데 고모는 다음 날 부엌에 새로 들어온 그 묵직한 가전을 발견하고 엄마에게 물었다. 성혜가 사 줬대? 엄마는 그렇게 말렸는데도 사 왔다고, 쓸 데도 없고 비싼 것도 아니라고 했다. 그리고 덧붙였다. 저는 정말 싫어요. 아니나 다를까, 고모는 그날부터 다시 술을 마시기 시작했고 자기 멋대로 처방 약을 골라 먹었다. 아주 오래전부터 고모는 그런 식의 불만 표출이 패턴화되어 있었다. 나는 엄마의 전화를 받고 고심해서 '고모를 위한' 가전을 골라야 했다. 그리고 직접 가전 매장에서 구매한 뒤 포장을 하고 한 시간 거리의 본가로 가 침대에 무력하게 앉아 있는 고모에게 안겨준 것이 바로 이 로봇 청소기였다. 고모는 선물을 받아들고 수줍게 웃었다. 뭘 이런 걸 다. 다 컸네, 우리 애기. 나는 얄미워 죽겠는 마음이 약간 누그러지는 걸 느꼈지만, 그럴라치면 늘 백화점에서 값비싼 압력 밥솥을 찾아 돌아다니는, 마르고 하얀 스물일곱 새댁이 떠오르고 말았다.

그래도 나는 진심으로 물었다. 고모, 힘들죠? 그러자 고모가 오래도록 하소연했다. 네 엄마가 말을 걸어도 대답을 안 한다. 치과도 가야 하고 시장도 가야 하는데. 고모는 울었다. 나는 그 하소연을 전부 다

들으면서 절대로 엄마 편을 들지 않았다. 다만 그런
건 아버지한테 부탁하라고 말했다.

*

순정에게 역할극 내용을 들키고 난 뒤, 우리 셋
은 함께 놀지 않았다. 이따금 복도에서 마주쳐도 데
면데면했다. 규리는 그래도 미안했던지 내게 종종 말
을 걸어오긴 했는데, 그때 함께 있었던 아라는 다신
우리와 놀지 않겠다며 주니어네이버로 장문의 이메
일을 보내왔다. 나와 규리는 터무니없고 못된 행동을
한 아라를 욕하면서 본격적으로 다시 친밀감을 쌓기
시작했다. 그렇게 배신을 딛고 무럭무럭 성장한 우정
은 규리로 하여금 내 집에 도로 드나들게 했다. 순정
은 규리를 별로 탐탁지 않아 하는 것 같았지만, 별말
은 하지 않았다. 내게 규리 말고는 별다른 친구가 없
다는 걸 알았기 때문이었을 것이다.
당시에는 나조차도 몰랐는데, 그때 나에게는 규
리에 대한 앙금이 아직 남아 있는 상태였던 것 같다.
우리는 방에서 각자 그림을 그리고 있었다. 규리는
내가 생일 선물로 사 준 펜으로 소녀를 그렸다. 눈망

울이 크고 속눈썹이 길었다. 내가 옆에서 슬쩍 보자 규리는 조심스레 겨드랑이에 털을 몇 가닥 그린 뒤 킬킬 웃었다. 그러자 문득 방학식 때 반에서 돌려보던 이야기 모음집 중 한 이야기가 떠올랐다. 나는 규리에게 재미있는 놀이를 하나 하자고 제안했다. 뭔데? 일단 와봐. 나는 신발장에 있는 공구 박스를 한참 뒤져 규리에게 선보일 물건을 꺼내왔다. 그리고 화장실에 서서 규리를 불렀다. 규리는 어쩐지 들어오기를 망설였다.

"뭐 하게?"

"재밌는 거."

"이상한 거 하지 마."

"이상한 게 뭔데."

"아무튼. 나 진짜 싫어."

벌써 규리는 겁을 잔뜩 집어먹고 있었다. 생각해보면 규리는 유독 예민한 아이였던 것 같다. 앞으로 일어날 일과 이미 일어난 일 사이에서 묘한 긴장감을 빠르게 알아차리는 아이. 나는 나중에 문득 규리를 떠올리면서 규리의 부모가 과연 어떤 사람이었을지 생각해보았다.

화장실 불을 끈 뒤, 문을 닫았다. 그리고 공구 박

스에서 꺼내 온 커다란 양초에 라이터로 촛불을 밝혔
다. 어두운 화장실에 작은 불이 일렁였고 거울 너머
로 희미하게 나와 규리의 얼굴이 비쳤다. 나는 일부
러 규리가 나가지 못하게 문 쪽을 막아섰다. 규리가
밤에도 불을 끄고 자지 못한다는 건 이미 알고 있었
다. 우리는 비밀이랍시고 서로에게 그런 것들을 잘도
털어놓았으니까.

"너「달리기」*라는 노래 알아?"

"알지."

"그 노래가 실화래."

"실화?"

"응. 그래서 어둠 속에서 촛불을 켠 채로 그 노래
를 끝까지 다 부르면, 실제 그 노래의 주인공이 거울
에 등장한대."

"죽었어?"

나는 비장하게 고개를 끄덕였다. 달리기는 사실
자살에 관한 노래야. 나는 자살이라는 단어를 최대한
속삭이듯 말했다. 규리는 내 말이 끝남과 동시에 화
장실 문고리를 돌리려고 했지만 나는 온몸으로 규리

* S.E.S의 노래,「달리기」

예소연

를 막아내며 노래를 부르기 시작했다.

　지겨운가요. 힘든가요. 숨이 턱까지 찼나요. 할
수 없죠. 어차피 시작해 버린 것을.

　점점 규리의 반응이 격렬해졌다. 나는 규리가 비
명을 질러대면 질러댈수록 절대 물러나고 싶지 않은
기분이 들었다.

　……단 한 가지 약속은 틀림없이 끝이 있다는 것.
끝난 뒤엔 지겨울 만큼 오랫동안(오랫동안) 쉴 수 있
다는 것.

　규리는 귀신 들린 사람처럼 소리를 지르며 나에
게 달려들었다. 그 바람에 들고 있던 초가 쓰러졌고
고여 있던 촛농이 규리 쪽으로 쏟아졌다. 그때 화장
실 문이 벌컥 열리고 흰빛이 새어 들어왔다. 나는 순
간적으로 눈이 부셔서 눈을 찡그렸고 무의식적으로
손차양을 만들었다. 그곳에 순정이 있었다. 순정은
놀란 눈으로 나와 규리를 번갈아 봤고, 혼절할 듯 울
어대는 규리가 입은 티셔츠 한쪽을 어깨 아래까지 내

렸다. 촛농은 규리의 목과 어깨를 타고 쇄골 근처까지 흘러 있었다. 금세 딱딱하게 굳은 촛농 밑으로 살갗이 벌겋게 부풀어 올라 있었다. 순정은 호흡이 가쁜 규리의 등을 멍하니 쓸어주다가 내 뺨을 강하게 내리쳤다. 나는 나를 포함한 모든 세계가 진동하는 것을 느꼈다.

*

집 근처 언덕길에 다다랐을 때 비로소 금융 관련 문제 이야기를 꺼낸 것은 수였다. 수는 언젠가 나를 데려다주는 참에 휴대폰이 방전된 적이 있었다. 나는 하는 수 없이 수를 우리 집에 잠시 들였고 마침 집에 있는 사람은 고모뿐이었다. 내가 화장실에 간 사이, 고모가 수첩을 가져와 수의 이름과 전화번호를 묻고는 펜으로 꾹꾹 눌러 적었다는 것이다. 그로부터 몇 달 뒤, 수에게 고모의 연락이 왔다.

고모는 '금융 관련 문제'를 함께 해결해줄 수 있느냐고 부탁해왔다고 했다. 그러니까, 고모가 스스로 '금융 관련 문제'라고 했단 말이야? 그러자 수가 담담히 고개를 끄덕였다. 나는 멋대로 수를 판단한 것이

예소연

민망해졌다. 수의 말에 따르면, 고모에게는 2000년에 들어놓은 우체국 보험이 하나 있었다. 그리고 그 보험을 든 지 3개월 만에 위암 판정을 받은 것이다. 고모가 알고 들었는지, 모르고 들었는지 정확히 규명할 길은 없지만, 보험사 측에서는 명확한 증거를 달리 찾을 수 없었는지 보험금을 지급했다. 그렇게 고모는 성공적으로 치료받을 수 있었고 보험료 납부 3개월 만에 나머지 238개월 치 보험료가 면제되었다. 그리고 20년 만기가 지난 시점에서, 만기금을 수령했다. 그 만기금 수령을 수가 도운 것이다.

"그걸 왜 네가?"

"나야 모르지."

항변하듯 모른다고 말하는 수의 태도는 늘 한결같았다. 수가 그러면 나는 답답한 얼굴로 쏘아붙이곤 했다. 그걸 네가 왜 몰라. 넌 알아야지. 다른 사람은 몰라도.

"아버지도 있고, 엄마도 있는데, 나도 있고."

"가족은 믿는 게 아니라 그랬어."

나는 침착하려 애썼지만, 숨이 가빠오는 건 어쩔 수 없었다. 고모가 그런 말을 했다고 생각하니 피가 거꾸로 솟았다. 그리고 또 무슨 말을 했는데? 수는 우물쭈물하면서도 그날 고모와 있었던 일을 다 말해주었다. 수와 고모는 오후 3시쯤 주민 센터에서 만나만기금 수령에 필요한 서류를 뗐다. 사실 신분증 하나면 되었지만, 고모가 신분증을 잃어버린 지 한참 되었다고 해서 신분증도 새로 만들 겸, 등본을 뗐다. 유난히 더운 여름날이었는데 둘은 에어컨 바람 때문에 추울 지경인 실내에서 자판기 커피를 후후 불어 마셨다고 했다. 마스크를 썼다 벗었다 해가며.

그렇게 등본을 뗀 후에는 고모가 점심 겸 저녁을 먹자고 했다. 수와 고모는 주민 센터 근처의 콩국수 집에 가서 콩국수 두 개를 시켰다. 고모는 설탕을 넣어 먹었고 수는 소금을 넣어 먹었다. 수는 콩국수를 먹을 때 김치는 입에 대지도 않았지만, 고모가 새빨간 김치를 수의 하얀 콩국수 위에 턱 얹어주었다. 처음에는 기분이 좀 안 좋았는데 막상 먹어보니 맛있어서 김치를 두 번이나 리필했다.

굳이 만기금을 현금으로 수령하고 싶다는 고모의 성화에 우체국에 방문한 수와 고모는 또 얼음 왕국 같은 우체국 실내 의자에 앉아 따뜻한 커피를 후후 불어 마셨다. 마스크를 썼다 벗었다 해가며. 생각보다 수가 도울 일은 없었다. 콩국수만 얻어먹었네.

　　　　예소연

괜히 머쓱해진 수는 유심히 종이컵에 담긴 커피를 바라보는 고모에게 말을 걸었다.

"성혜 어릴 때는 어땠어요?"

고모는 수의 질문에 대답하지 않았다. 대신 이렇게 말했다.

"걔는 지 엄마만 끔찍이 아껴."

그러더니 고모는 넋두리를 시작했다. 고열로 실신한 세 살짜리 성혜를 자기가 업고 뛰어 병원에 데려갔다고. 세상에서 누굴 제일 사랑하지? 하면 성혜가 단번에 순정이! 했다고, 어린이집에서 이를 옮아오는 바람에 촘촘한 머리카락을 한 올 한 올 걷어가며 쌀알만 한 벌레를 밤새 골라냈다고. 그러다 고모는 자기 차례가 되어 창구로 향했다. 수는 고모의 깡마른 뒷모습을 바라보며 어쩐지 몹시 피로하단 생각을 했다. 커다란 가방에 만기금 2천만 원을 채워 담은 고모는 그것을 자연스레 수에게 맡겼다. 가족도 믿지 못하면서. 참 알 수 없는 양반이네. 수는 그 커다란 가방을 들고 전력을 다해 도망가는 상상을 했다며 웃었다.

*

초등학교 졸업 이후 이사를 하기 전까지 늘 순정과 같은 방을 썼다. 책상도 없이 엎드려 책을 읽거나 받아쓰기 숙제를 했다. 나와 순정은 밤 10시쯤이면 잠들었는데, 순정은 꼭 잠들기 전 성모상 앞에서 기도를 하고 약을 먹었다. 순정은 오래전부터 조울증을 앓고 있었는데, 복용 기간이 오래되다 보니 어떤 약이 기분을 어떻게 만드는지 잘 알고 있었다. 고모는 심상한 표정의 약사처럼 여러 방식으로 약을 조합해 녹는 종이에 싸서 먹었다. 그러지 않으면 그 많은 알약을 다 삼킬 수 없다고 했다.

"그게 뭐야?"

"먹는 종이."

"무슨 맛이 나?"

"아무 맛도 안 나."

하지만 순정은 너무도 맛깔나게 약을 싸 먹었다. 꼭 쌈을 싸 먹듯. 그렇게 기도와 복용을 마치고 나면 이불을 깔고 자리에 누웠다. 약을 먹고 나면 순정의 눈은 흐리멍덩했다. 고개를 돌리는 것도 끄덕이는 것도, 손을 드는 것도 아주 천천히 했다. 나는 몽롱한 순정이 이불을 목 끝까지 올려 덮으면 모든 의식이 끝

예소연

난 것처럼 불을 끄고 자리에 누웠다.

하지만 불을 끈 뒤에는 진짜 마지막 의식이 남아 있었다.

"성혜야."

"응."

"민애가 좋아, 내가 좋아?"

"순정 고모."

"상남이가 좋아, 내가 좋아?"

"순정 고모."

"규리가 좋아, 내가 좋아?"

"순정 고모."

"내가 콱 죽어버리면 어떡할래?"

"안 돼!"

"물에 빠져서 고통스럽게 죽으면?"

"그러지 마."

"오토바이에 치여서 온 뼈마디가 부러진 채로 죽으면?"

나는 그즈음부터 울기 시작했다. 순정은 그런 질문을 나른한 목소리로 끊임없이 해댔고 내가 울면 그제야 질문을 멈추었다. 그다음 팔로 내 얼굴을 감싸며 속삭였다. 그러니까 고모가 만약 아프면, 아프면

꼭 보살펴줘. 나는 힘차게 고개를 끄덕이고 그제야
우리는 잠에 빠져들 준비를 했다.

순정은 순식간에 잠이 들었다. 게다가 잠만 들었
다 하면 아무리 흔들어도 깨어나지 않았다. 죽었을까
봐 무서워서 따귀를 때려본 적이 몇 번이었다. 하지
만 순정은 단지 깊이 잠들었을 뿐이었다. 몸부림 또
한 꽤 심한 편이라, 나를 소중하게 다루는 것과는 별
개로 자주 내 몸을 깔아뭉개며 팔꿈치로 얼굴을 때리
곤 했다.

그날은 유난히 알약들이 먹음직스럽게 보였다.
순정이 잠든 사이 성모상 옆 양초를 켠 후 서랍장에
있는 형형색색의 알약을 꺼냈다. 그리고 먹는 종이
한 장을 조심스레 꺼냈다. 쌈을 싸 먹듯이 가장 예쁘
고 영롱한 색깔의 약들을 골라 투명한 종이에 담았
다. 그리고 귀여운 유부 주머니 모양으로 약을 싸서
순정이 남긴 물과 함께 먹었다. 후에는 순정이 그랬
듯 무릎을 꿇고 합장하며 성모상 앞에서 기도했다.
순정이 그랬듯이. 은총이 가득하신 마리아님, 기뻐하
소서. 주님께서 함께 계시니 여인 중에 복되시며, 태
중의 아들 예수님 또한 복되시나이다.

일순간 몸에서 모든 피가 빠져나가는 느낌이 들

었고 어쩐지 나는 몹시 충만하고 완전해진 기분을 느끼고야 말았다. 인제 와서 생각건대, 현재 나의 모든 불행은 그만큼 충만한 기분을 일평생 다신 느낄 수 없을 거라는 확신으로부터 비롯되는 것 같다. 그 뒤로 의식을 잃었다. 정확히 사흘 뒤에 깨어났고, 온 가족이 나만 바라보고 있었으며 순정은 울고 있었다. 엄마는 그런 순정의 머리채를 잡았다. 여전히 그 풍경을 똑똑히 기억하고 있다. 그때 당시 나는 그 모든 상황이 약간 만족스러웠다.

그로부터 20년이 지난 이후 나는 순정만큼은 아니지만, 소량의 항우울제를 처방받아 먹고 있다. 중소기업의 적은 월급에 비해 나가는 돈이 너무 많았고 삶은 나아질 기미가 보이지 않아서, 내 집은 없는데 남의 집이 너무 비싸서, 손 안 대고 돈 버는 사람들이 있어서, 애인이 미워서. 다양한 방식으로 마음이 헐었다. 하지만 아버지는 식탁 앞에서 짐짓 심각한 얼굴로 말했다. 정신병도 유전이야, 유전.

*

집 앞에 다다른 나와 수는 그냥 들어가기가 아쉬

워 편의점 앞에서 맥주를 한 잔만 더 마시고 들어가기로 했다. 나는 에일을 골랐고 수는 라거를 골랐다. 아무도 없는 새벽이라 아르바이트생 눈치를 보며 담배를 피웠다. 술이 술술 들어간다. 수가 웃으며 말했다. 그러더니 뭔가 생각난 듯 등을 세워 내 눈앞에 검지를 갖다 댔다.

"고모가 10만 원을 줬어, 수고했다고."

10만 원 때문은 아니지만, 나는 고모가 정말 좋은 사람이라고 생각했어. 수는 그렇게 운을 뗐다. 그날 이후로 고모는 하루가 멀다 하고 수에게 전화를 걸기 시작했다. 내가 상남이한테 인생을 바쳤거든. 그런데 상남이는 무심해도 너무 무심해. 민애는 어떤지 아니? 그렇게 시작한 푸념은 결국 '성혜 걔는 지 엄마를 끔찍이도 아끼잖아'로 끝났다고 했다. 그래서 두 번 정도 다시 고모를 만난 거야. 수가 그렇게 말했을 때, 나는 또 화가 났다.

"싫은데 왜 만나?"

"싫은 게 아니야."

"귀찮았잖아. 괜찮아. 나도 귀찮았어, 평생."

"외로워하는 것 같아서 그랬어."

"네가 평생 그 외로움을 책임질 수는 없잖아."

예소연

"평생 외로움을 책임질 수 있는 사람만 그 사람을 보살필 수 있니?"

할 말을 잃었다. 나는 수가 언제나 착한 척을 한다고 생각했다. 엄밀히 말하면 척은 아니었지만 달리 정확하게 말할 수 있는 단어가 없었다. 수는 늘 자신의 마음이 진심이라고 믿어 의심치 않았지만, 나는 그게 진심이 아니란 것을 알았고 그걸 제발 수가 깨닫길 바랐다. 하지만 수는 내가 자신의 의도를 왜곡하고 곡해한다고 주장했다. 그러면 나는 그야말로 자기 자신을 왜곡하고 곡해하며 삶을 만족스러운 방식으로 정립한다고 생각했다. 그러나 요즘 들어서는 수야말로 최선의 태도를 고민하며 사는 사람이 아닐까, 그런 생각이 들기도 했다. 어쨌든 그 태도란 건 내가 평생 시달릴 고통과 우울, 그리움과도 맞닿아 있는 문제였다.

일명 달리기 사건이 있고 규리 역시 내게 장문의 메일을 보내왔다. 나는 그 메일을 읽지도 않고 삭제해버렸다. 울며불며 우리가 나눴던 가족에 관한 대화들이 거슬렸기 때문이었다. 그때 알았다. 가까운 사람에게 비밀을 털어놓는 것은 언제고 꺼낼 수 있는 무기를 쥐여주는 거나 다름없다는 걸. 만약 내가 먼

저 규리에게 메일을 보냈다면 응당 이렇게 시작하는
메일을 보냈을 것이다. 난 네가 배신할 줄 알았어. 넌
네 엄마를 꼭 빼닮았잖아.

"정신병은 모계유전이라던데."

딱 이 한마디가 나를 무너뜨렸다. 나와 수를 잇고
있었던 견고한 애정의 끈이 끊어져버렸다. 우리는 그
때 PC방에서 게임을 하면서 오랫동안 시달린 공포에
관해 이야기를 하고 있었다. 발을 이불 밖으로 꺼내
놓고 잘 수 없는 공포, 찌그러진 원에 대한 공포, 천둥
에 대한 공포. 둘 다 별로 실력이 좋지 않아 대충 연습
게임을 하며 헤드셋을 통해 시시콜콜 떠들고 있었다.
그때 어쩐지 그 말을 하고 싶었다. 그때는 그랬지, 이
런 어조로. 나는 상대 캐릭터의 머리를 신중하게 조
준하며 말했다. 나는 고등학생 때 내가 심각한 정신
병에 시달리고 있다고 확신했어. 수는 고모의 병력을
충분히 알고 있었다. 그래서 그렇게 말한 것이겠지.
너는 운 좋게도 유전의 영향에서 벗어났다고.

물론 항간에 퍼진 정신병의 모계유전 관련 이야
기가 의학적으로 타당하지 않다는 건 알고 있었다.
또한 수의 말대로 나도 고모로부터 유전된 것이 크게
있다고 생각하진 않는다. 하지만 고모는 내 새끼발가

락이 자기 새끼발가락과 똑같이 생겼다고 했다.

분명 나와 고모 사이에 공유된 것은 존재했다. 그
것은 태어나기 이전부터 생겨난 것일 수도 있고, 고
모의 영성체를 받아먹고 주름진 손등을 쓰다듬으며
이루어진 느슨한 관계성일 수도 있다. 나에게 흠뻑
사랑을 주던 고모가 내가 가장 사랑하는 엄마를 증오
하고, 내가 가장 사랑하는 엄마가 나에게 흠뻑 사랑
을 주던 고모에 의해 삶을 비관하고, 나 포함 그 모두
의 사랑을 받는 아버지는 우리 중 누군가가 죽기 전
까지 절대로 이 문제를 해결할 수 없다는 걸 당신의
어린 시절부터 깨달아왔을 것이다. 그리고 정신병은
유전이야,라고 말할 수 있는 사람이 되어 삶을 그럭
저럭 살아올 수 있었겠지.

그날 나도 그럭저럭 수가 한 말을 넘겨냈다. 하지
만 그 말이 두고두고 나를 괴롭혔다. 그렇게 말할 수
있는 게 아닌데. 수는 내가 정말 사랑하는 사람이고,
수는 나를 정말 사랑하는 사람인데, 그렇게 외부인처
럼 말해서는 안 되는 게 아닐까. '모계유전'이라는 말
이 나에게 주는 비관적 함의는 대단했다. 내가 정말
정신적으로 큰 문제를 겪게 되어 그걸 모계유전이라
고 말한다면 엄마가 겪어온 모든 고통이 유전자적 결

함으로 치환되고 고모의 인생을 끊임없이 괴롭히던 조울증은 할머니의 유전자적 결함으로 치환되는 거겠지.

다만 내가 알 수 있는 건, 고모나 엄마는 그저 나에게 끔찍한 사랑을 흠뻑 물려주었다는 것이다. 나는 아직도 그 사랑의 정체가 무엇인지 모른다. 그리고 그 사랑과 결함이 나를 어떻게 구성했는지도. 실제로 나는 고등학교 때 정신병에 대한 유전적 영향을 몹시 두려워했으며 나의 상태가 이상하지 않다는 걸 확인받기 위해 친구들의 상태에 대해 끊임없이 물었다. 그러면서도 정신과는 절대 가지 않았다. 우리 가족은 고모의 영향으로 향정신성 약물에 대한 크나큰 불신을 안고 있었으니까.

수는 고모를 두 번 만나는 동안 함께했던 일들을 말해 알려주었다. 맥도날드에서 아이스크림을 먹거나 인사동에서 차를 마셨다고 했다. 고모는 언젠가 푸념하던 것을 멈추었고 종종 선을 봤던 이야기를 들려주었다고 했다. 그 남자가 뭐 어떻게 했다더라. 수가 물었다. 내가 무미건조하게 대답했다. 재떨이에 가래침을 뱉었다고. 그리고 마지막 만남 때, 고모는 커다란 분리수거용 비닐에 로봇 청소기를 담아 수에게 건넸다. 몇 번을 거절해도 소용없었다. 고모는 더이상 본인은 필요 없지만, 버튼만 누르면 알아서 청소를 해주는 신통한 녀석이라며 한사코 거절을 거절했다. 그리고 불쑥 물었던 것이다. 성혜랑 결혼하니? 수가 좀처럼 대답하지 못하자 고모는 아주 큰 비밀을 털어놓는 사람처럼 조심스러운 얼굴로 속삭였다. 나는 집에서 따돌림을 당해.

*

고모의 부고를 알리고 장례를 치를 때 좀 씁쓸했던 기억이 있다. 사정을 몰랐던 먼 친인척들이 전부 어떻게 돌아가시게 되었냐고 물었을 때, 나는 그들이 고모가 당연히 자살했다고 생각한다는 걸 알아차렸다. 속으로 코웃음을 쳤다. 고모를 한 치도 모르는 사람들이나 그런 생각을 할 것이다. 누구보다도 살고 싶어 하는 사람이 고모였으니까. 끈질기게 건강식과 영양제를 챙겨 먹고 햇빛을 받기 위해 산책하고 그 좋아하는 담배도 하루에 한 대만 피웠던 사람이 고모였다. 물론 말로는 언제 죽어도 괜찮다는 듯 굴었지만.

야, 지겹다. 지금이 몇 시냐. 내가 수에게 물었다.

4시가 넘었네. 동트겠다. 넌 아직도 나한테 할 말이 그렇게 많니? 내가 농담조로 묻자 수가 수줍게 웃었다.

"로봇 청소기 고맙다. 안 그래도 지금 집이 난장판이거든."

수는 눈을 굴리며 고개를 끄덕거렸다. 맥주 캔을 정리하고 집으로 향했다. 수에게 함께 기다려줄 테니 콜택시를 타고 가라고 했지만, 굳이 집 앞까지 데려다주겠다고 했다. 어둡던 하늘이 점점 밝아지고 있었다. 그리고 갑작스레 굵은 비가 쏟아져 내리기 시작했다. 나와 수는 빠르게 뛰어 내가 사는 빌라 주차장에 자리를 잡았다. 빗줄기는 점점 더 굵어져 빌라를 무너뜨릴 기세로 쏟아지기 시작했다. 나와 수는 어깨를 웅크린 채 갑작스러운 추위를 느꼈다. 수는 겁에 질린 표정이었다.

"로봇 청소기 말이야. 아마 A/S 맡겨야 할 거야."

그렇게 말하는 수는 나를 보지 않고 빗줄기가 강타하는 흰색 테슬라의 차창을 바라보았다. 나도 덩달아 테슬라를 쳐다보았다. 이 허름한 빌라촌에도 종종 외제차들이 주차되어 있긴 했다. A/S는 왜? 내가 묻자 수는 숨을 단숨에 들이켜더니 대답했다.

"한동안은 문제가 없었는데. 언젠가부터 간헐적

예소연

으로 가로막힌 곳에 돌진을 하는 거야. 나도 처음엔 놀랐어. 자길 가로막는 걸 모조리 다 부수겠다는 기세로 몇 번이나 그렇게 갖다 박더라."

나는 수의 말을 듣고 웃었다. 청소기가 산책이 절실한가 봐. 수는 웃지 않았다. 언젠가는 로봇 청소기가 싱크대를 여러 번 박는 바람에 유리잔이 떨어져 깨졌다고 했다. 바로 가서 끄면 되잖아. 내가 그렇게 말하자 수는 오랜만에 내게 화를 냈다.

"그런 종류의 문제가 아니야."

"겁이 났구나?"

"겁? 그게 다가 아니야. 넌 한 번도 겪어보지 않아서 그렇게 말할 수 있는 거야. 그 로봇 청소기는 나한테 화를 내고 있었어. 뭔가를 보여주고 있었던 거라고."

그제야 깨달았다. 수가 맨 처음 나에게 전화로 했던 말의 의미를. '줄 게 있어.' 그러니까 수가 진심으로 하고 싶었던 말은 이랬을 것이다. '줄 게 있어, 나보단 네가 책임져야 마땅할 것.' 나는 어쩐지 머리가 맑아지는 느낌이 들었다. 내몰린 사람이 자신에게 먼저 기회를 주는 것만큼 마땅한 일은 없다. 하지만 나는 언제고 수가 벼랑 끝에서 자기보다 나를 위해주길 바랐다. 장례식 이후 엄마와 아버지는 고모 방 옷장의 깊숙한 곳에서 돈 가방을 발견했다. 현금 다발이 가득 쌓여 있는 그 가방 안에는 쪽지도 함께 들어 있었다. 나의 아들 상훈에게 전해다오. 상훈이는 고모가 시집갔다가 소박을 맞은, 애 딸린 남자의 아이였다. 고모는 술을 마실 때면 종종 상훈에 대해 이야기하곤 했다. 걔를 아빠랑 있게 해선 안 됐는데. 그 애는 내가 챙겼어야 했는데. 나만 도망쳐서는 안 됐는데.

우리 가족은 그 돈다발을 어떻게 할지 고민하고 있었다. 배신감은 들지 않았다. 엄마와 아버지도 그런 것 같았다. 나는 그 돈다발을 발견하고 오히려 마음이 편안해질 정도였다. 나는 침울한 표정을 한 수의 어깨를 두드렸다. 고마워. 솔직하게 말해줘서. 그러자 수가 작게 중얼거렸다. 정말 이상한 일이야. 정말로. 나는 로봇 청소기가 반복적으로 돌아가는 고모의 작은 방을 상상해보았다. 그곳에서도 나름의 일들이 일어나고 생활이 쌓여 세월이 되고 축적된 삶의 방식과 고유의 냄새 같은 것들이 응집되어 있을 것이다.

"비가 너무 많이 와."

수가 투정을 부리듯 말했다. 재워달라는 뜻이었다. 나는 고민을 좀 하다가, 모른 척했다.

예소연

집에 돌아오자마자 샤워를 하고 따뜻한 차를 우린 뒤에 로봇 청소기를 가동했다. 경로 스캔 모드를 설정하니 로봇 청소기가 작은 집 구석구석을 돌아다니며 구조를 탐색했다. 나는 청소기에 난 거칠고 깊은 흠집들을 바라보다가 차를 호로록 마셨다. 그리고 한 번에 약을 털어 넣었다. 전기장판도 켰다. 어서 나른한 졸음이 밀려오기를 바랐다. 열 시간 이상을 자면 머리가 이상해진다고 했다. 그런데 나는 그 이상해지는 느낌이 좋았다.

잠들려는 그 순간, 저 멀리서부터 쿵, 쿵, 쿵 벽을 찧는 소리가 들려왔다. 나는 비로소 이 순간이 잠이 드는 바로 그 순간이라는 걸 알아차렸다. 희미한 정신으로 눈을 떴을 때 순정의 로봇 청소기가 빈 벽에 제 몸을 부술 듯이 처박고 있었다. 그것은 정말이지 전원을 끄고 켜는 문제가 아니었다. 나는 어쩔 줄 몰라 하다가 달려가서 끝내 전원을 끄지도 못하고 청소기를 끌어안았다. 작은 바퀴들이 헛돌고 헛돌았다.

고모는 자주 물건을 부수기도 했고 아버지를 때리기도 했다. 그런 것들은 누구에게도 말하지 않았다. 암이 재발하고 나서 고모는 빠르게 힘을 잃어갔다. 비쩍 마르고 심한 입 냄새가 났다. 병원에 입원한

후로는 오롯이 누워만 있었다. 모든 힘을 소진한 사람처럼. 임종을 앞두고 고모는 숨 쉬는 것조차 힘에 부치는지 한마디도 하지 않았다. 그러다 아버지도 나도 아닌 엄마를 아주 오랫동안, 빤히 바라보았다. 그리고 간신히 신음처럼 말을 뱉었다. 민애야. 그런 다음 눈을 감았다. 우리 중 아무도 눈물을 흘리지 않았다. 다만 나는 그 순간 우리 가족이 가진 축축하고 퀴퀴한 기억들이 전부 엉켜버렸다고 생각했다. 엄마가 이렇게 말했기 때문이다. 저도요.

예소연

인터뷰   이희우 × 예소연

이희우 「사랑과 결함」을 읽고 충격을 받은 한 명의 독자로서, 작가님을 인터뷰로 만나 뵙게 되어 기쁘네요. 2021년 『현대문학』 신인추천에 「도블」이 당선되어 작품 활동을 시작하셨죠. 그 이후 어떤 소설을 쓰고 계신지, 어떤 변화가 있었는지를 비롯해 간단한 소개를 부탁드립니다.

예소연 낮에는 편집자로 일합니다. 저녁에는 소설을 쓰거나 동거인과 소소한 대화를 나누고 고양이와 놀거나 게임을 하는 일상을 반복하며 살고 있습니다. 최근 제가 스스로에 대해 한 치도 모른다는 것을 깨달아서, 요즘에는 제 마음을 되돌아보는 일에 관심을 쏟고 있습니다. 불쑥 솟는 기억을 가만히 응시하면서 내가 이랬구나, 저랬구나, 그런 일에 천착하고 있습니다. 그러다 보면 다시 나는 나를 한 치도 모르는구나, 하는 굴레에 빠집니다. 그래서 스스로 단정 짓는 일을 하지 않으려고 합니다.

작년에는 고양이 로봇과 여성 용병이 등장하는 장편소설을 열심히 썼고요. 올해 상반기 허블에서 출간될 예정입니다. 요즘은 미스터리한 인물들이 등장하는 단편소설을 쓰고 있어요. 저는 아주 어릴 적부터 각종 판타지 소설과 로맨스 소설을 읽으면서 소설가가 되기를 꿈꿨어요. 그래서 데뷔 후 세상이 나를 몹시 천천히도 독려하며 길을 터준다는 생각을 하면서 감사한 마음으로 살아가고 있습니다.

이희우 「도블」은 원래 만나기로 한 일행이 오지 않아 여행지에 혼자 남은 화자가 숙박업소 주인과 옆방에 혼자 묵는 할머니 '델마'와 어울리며 벌어지는 해프닝을 그리고 있습니다. 그 소설과 「사랑과 결함」을 함께 읽으며 든 생각은, 두 작품 모두 평안하던 일상에 어떤 계기로 파문이 이는 이야기를 담고 있지 않다는 것이었어요. 오히려 오해, 어긋남, 불안, 의외성으로 이미 가득한 것이 두 소설 속 화자들의 '노멀'한 일상인 듯해요. '일상=예측할 수 있는 것'이고 '비일상=예측할 수 없는 것'이라는 구분을 흐뜨리는, 조용하면서도 전복적인 감각이 두 소설 모두에 있다고 봤어요. 다만 「사랑과 결함」에서는 그 감각이 전작보다 더 심화되어, '일상'이 견딜 수 없을 정도로 어긋나 있고 균열이 가 있는 것으로 보였습니다.

이는 이 소설의 '일상'이 가족의 문제를 전면적으로 다루기 때문이 아닐까 싶습니다. 앞서 '노멀'한 일상에 대해 말했던 것과 마찬가지로 화목하고 편안한 '정상 가족'이 어떤 계기로 혹은 누군가에 의해 엉망이 되었다는 식으로 읽히기보다는, 오히려 어긋나고 불화하면서도 엉켜 있는 그러한 상태야말로 여느 가족의 모습이라는 생각이 들었어요. 규범적인 '정상 가족'은 없고, 정도와 양상은 다 다르겠지만 각자 어긋남과 고통을 안고 있는 것이 가족인 것 같아요. 이처럼 정상과 비정상, 일상과 비일상의 경계를 흩뜨리는 데 작가님이 천착하고 있다고 볼 수 있을까요? 또 이러한 '경계'에 대한 생각을 들어보고 싶어요.

예소연 항상 보편성에 대한 의문을 가지고 있습니다. 삶은 예측할 수 없는 경로로 마구잡이로 뻗어 가는데, 통상적인 세상의 인식은 그런 의외성을 외면한다는 느낌을 받았습니다. 그리고 저조차 그런 데서 두려움을 많이 느끼고요. 사람들은 과연 언제나 안전한 방식으로 관계를 꾸릴까요? 사실, 어떻게 보면 그것이야말로 가장 안온한 방식이라고 생각합니다. 그래서 절대로 소설이 '일상의 서사'로 흘러가지 않게 노력하는 편입니다. 제가 예측할 수 없는 삶을 살아가듯이 제 소설의 인물들도 예측할 수 없는 국면을 맞이하기를 바랍니다.

또 불행한 와중에도 소소하게 삶을 지키는 사건들에 매료되는 편이에요. 행복한 순간은 너무도 짧게 지나가고 마는데, 불행한 순간은 마음에 오래도록 남지 않나요? 저는 제 마음과 성격을 구성하는 많은 부분이 불행한 사건에서 비롯되었다고 생각합니다. 그리고 그렇게 켜켜이 쌓인 '사건'을 들여다보면, 삶의 궤적이라는 것이 어느 정도 보이는 것 같아요. 타인과 이야기할 때도 서로의 '불행'에 대해 이야기하다 보면 좀더 내밀해집니다. 저는 그 내밀함에 매혹됩니다. 인물의 외피를 한 겹 벗기고 나면 그들이 띠고 있는 보편성 뒤에 숨겨진 '얼굴'이 나오는 것 같습니다. 현실에서는 그렇게 타인의 민낯에 관심이 있는 편은 아닌데요. 소설에서는 그렇습니다.

이희우 다음으로 화자가 일상적으로 느끼는 "고통과 우울, 그리움"에 대해 이야기해보고 싶습니다. 화자는 그것이 '수'가 취하는 삶의 "태도"와 "맞닿아 있는 문제"라고 말합니다. 선뜻 이해되는 말은 아닌데요. 아마 이런 게 아닐까 싶었습니다. '네가 진심이라고 생각하는 그 태도를 나는 진심이라고 생각하지 않아.' 화자는 다정다감한 사람인 수가 '진심'이라고 여기는 것은 진짜가 아니라고, 삶의 "기괴한 얼굴"을 대면하지 않기 위한 방어라고 생각하는 듯합니다. 한편으로 화자는 수가 자신의 설명하기 힘든 고통까지, 자신이 살면서 경험한 더 농밀하고 파괴적인 차원까지 이해해주기를 원하는 것 같아요. 그래서 수의 '진심' 앞에서 화자는 홀로 남겨져 차단된다고 느낄 수 있을 것 같습니다. 읽는 입장에서도 왠지 이 '차단된 느낌'이 못내 답답하고 안타까워서, 수와 화자의 '진심'은 결국 만날 수 없는 것일까, 어떻게든 교집합을 만들어볼 방법은 없을까, 그런 고민을 하기도 했습니다.

한편 "고통과 우울, 그리움", 이 세 가지 중에서 특히 미묘하고 설명하기 힘든 것이 '그리움'이 아닐까 싶어요. 어린 화자는 고모가 복용하는 향정신성 약을 몰래 삼키고 "몹시 충만하고 완전해진 기분을 느끼고야 말았"고 "현재 나의 모든 불행은 그만큼 충만한 기분을 일평생 다신 느낄 수 없을 거라는 확신으로부터 비롯되는 것 같다"고 말합니다. 그러니까 이 소설에도 일상과 대립하는 비일상적인 차원이 있습니다. 다만 편안한 일상과 예측 불가능한 비일상의 대립이 아니라, 오해와 불화로 가득한 일상과 몹시 충만하고 완전한(동시에 죽음에 근접해 있고 파국적인) 비일상의 대립인 것이지요. 화자가 그러한 차원을 트라우마적이고 고통스러운 것일 뿐 아니라 엄청난 쾌감을 주는 것으로, '그리움'의 대상이 되는 것으로 경험하는 이유는 무엇일까요? 다시 말해 고통과 우울이 '그리움'과 나란히 있게 되는 이유는 무엇일까요? 이 질문은 앞서 언급한 (수와의 관계에 대한) 고민과 맞닿아 있는 문제 같습니다. 화자의 "고통과 우울, 그리움"이 극단적인 체험이 아니라 좀더 세속적이고 일상적인 관계 속에서 해소될 수는 없을까, 하는 것이죠.

예소연 화자가 수에게 느끼는 가장 큰 감정은 질투라고 생각했습니다. 자신은 있는 그대로를 보지 못하고 확대 해석을 하거나 부정적인 감정에 잔뜩 노출된 사람인데, 수는 그렇지 않으니까요. 그런 의미에서 화자는 겁을 잔뜩 집어먹은 상태이죠. 수의 진심을 받아들이고 싶은데 그러지 못하니까요. 소설 속화자는 저를 많이 투영한 인물인데요. 스스로 못난마음이 싫어서 남의 마음을 멋대로 곡해하고 마는상황을 늘 조심하려 애씁니다. 저도 그 '차단된 느낌'에 대해 너무 공감하는데, 결코 해결하기 쉬운 일이아니란 걸 알아서 화자의 마음에 더 집중했던 것 같아요. 화자는 가까운 이에게 바라는 것이 많은 사람이라는 점에서 욕심이 많고, 그런데도 자신이 바라는 걸 요구하지 못한다는 점에서 겁이 많습니다.

'고통'과 '우울'은 가장 강력한 감정이라고 생각

합니다. 과잉된 감정이기도 하고요. 개인의 날것 그 대로의 모습을 보여줄 수 있는 기폭제라고도 볼 수 있어요. 저는 아주 가까이에서 우울하거나 고통받는 사람을 봐왔어요. 그리고 그 감정들을 어떤 식으로든 누구나 느끼고 있다고 생각해요. 저는 그런 데서 이해의 폭이 넓어지는 것 같아요. 모든 상황을 일일이 이해하려고 한다기보다, 그럴 수도 있지! 생각하게 되는 마법이에요. 그랬을 때 스스로 대견스럽습니다.

'트라우마'가 '그리움'이 되는 방식은 그것이 '관계'로 말미암아 생겨났기 때문이에요. 소설 속 화자는 어린 시절, 거칠게 말하면 가정 폭력이라고 할 만한 사건들을 겪습니다. 하지만 유년기 혹은 청소년기의 삶은 화자에게 그 자체로 소중하고 그 안에 '사랑'이 없었던 것도 아니기 때문에 그 시절을 그리워합니다. 저는 언제나 '사랑'이라는 키워드에 대해 의문이 많았어요. 그렇게 몽글몽글한 것만은 아니지 않나, 그런 생각 때문에요. 물론 어떤 함의를 지니느냐에 따라 다르겠지만, 저에게 '사랑'은 어찌 보면 가혹한 것과 같거든요. 마음을 주게 됨으로써 일어날 예기치 못한 일들을 감수하게끔 하는 감정입니다. 그래서 저도 화자가 수에게 다시 마음을 주기를 바라요. 예기

치 못한 일을 감수할 수 있는 인물로 수가 아주 마땅
하지 않나, 그런 생각 때문에요.

이희우 이 소설을 이야기하면서 고모의 엄청난 존재감을
말하지 않을 수 없을 것 같아요. 화자는 고모를 '순정'과
'고모'라는 두 방식으로 부릅니다. 이처럼 고모는 화자에
게(그리고 아마 독자에게두) 양면적인 인물이지요. "끔찍
한 사랑을 흠뻑" 주고 흠뻑 사랑을 받는 대상이면서도, 엄
마와 '나'를 괴롭혔다는 이유로 화자가 미워하는 대상이
되기도 합니다. 또 '나'의 관심과 사랑을 두고 엄마를 질시
하는 것처럼 보이지요. 고모는 사춘기 여자아이들의 성적
놀이, 가학적인 게임을 두 번이나 중단시키는 어른이지만
동시에 화자와 성적으로, 육체적으로 연결되어 있고 자신
이 주도해서 가학적인 게임을 진행합니다. 고모는 자신과
화자의 "새끼발가락이 똑같이 생겼다"고 주장하고, 영성
체(신의 살을 상징하는 빵)를 입에서 입으로 전달하며, 밤
마다 화자를 울릴 때까지 괴로운 질문을 퍼부었으니까요.
　또 고모는 혈통이나 "모계 유전"에 대한 피상적인 짐
작을 헝클어놓는 존재입니다. 자신의 유산은 어찌 보면
생뚱맞게도 피가 섞이지 않은 전 남편의 아들에게 남겼
지요. 고모는 사랑과 증오를 뒤섞어버리는 사람, 게임을

금하는 동시에 게임을 진행하는 사람, '피'로 연결된 가족의 인습을 교란하는 사람입니다. 고모를 이처럼 결정하기 어렵고 문제적인 위치에 놓고 들여다보게 하는 감각의 결은 어떤 것일지 묻고 싶어요. 이는 최근 '고모'가 등장하는 소설이 부쩍 눈에 띄는 경향과 관련된 질문이기도 합니다.

예소연 고모는 아버지의 누나 혹은 동생이고 혈육이지만, 언제든 가까워질 수도 멀어질 수도 있는 존재입니다. 태어나면서부터 한평생을 함께해야 하는 부모와는 조금 다른 존재이죠. 고모와 조카의 관계는 '필수적'이라기보다 '선택적'인 관계에 더 가깝다고 생각했습니다. 둘 중 누구 하나라도 마음을 주지 않으면 성립되지 않는 관계요. 그런데 제 소설 속 화자와 고모는 "끔찍한 사랑을 흠뻑" 주고받는 관계입니다. 정말 말 그대로 끔찍한 사랑이요. 저는 이 사랑을 통해서 '정상 가족'의 허상에 대해 말하고 싶었습니다. 그리고 아이들이 하는 '결혼 놀이'는 제도가 내포하는 욕망과 비슷하다고 생각했습니다. 제도가 상정한 '일반 시민'들의 결합만을 '결혼'이라고 인정하는 것에는 분명한 허점이 있지 나, 사회가 인정한 '가족 구성원'으로서의 삶은 개인에게 정말 안전한 울타리가 되어줄까, 그런 질문들로부터 이런 장면들이 나왔습니다.

이희우 고모는 양가적이고 어려운 인물이지만 불가해한 존재는 아니지요. 어떤 면에서는, 가까이에서 비슷한 인물을 본 적 있는 듯 기시감이 들기도 했습니다. 반대로 이 소설에서 절대 이해할 수 없는 기이한 존재는 로봇 청소기입니다. 첫 등장부터 엉뚱한데요. 예상치 못한 방식으로, 수의 손에 들린 쇼핑백 속에 감춰져 "묵직하고 단단하고 나름 커다란, 곡선을 가진 무엇"으로 화자에게 전달되지요. 마지막에는 화자와 독자를 겁에 질리게 하는 무서운 것으로 변모합니다. 화자가 엄마에게 선물한 식기세척기와 고모에게 선물한 로봇 청소기는 모두 가사 노동을 위한, 위생과 청결을 위한 기계입니다. 그런데 맥락을 벗어난 이 로봇 청소기는 청소를 거부하듯이, 화를 내듯이, "벽에 제 몸을 부술 듯이 처박고 있"지요. 이 로봇 청소기는 일반적인 눈으로 볼 수 없는 벽 뒤의 차원을 상상하게 합니다. 저는 이런 상상을 하게 되기도 했습니다. 로봇 청소기는 화자가 "일평생 다신" 닿을 수 없는 곳에 갔다 온 게 아닐까. 또 이런 생각이 들었습니다. 일상적인 외로움과 고통이 쌓이고 쌓이다 보면, "축적된 삶의 방식과 고유의 냄새 같은 것이 응집"되다 보면 일상의 블랙홀 같은 것이 생기고, 사람이나 언어는 그곳으로 들어가면 살아나올 수 없지만, 로봇 청소기는 예상치 못한 경로로 생환할 수 있다고요. 즉 로봇 청소기는 고모조차 쉽게 들어갈 수 없는 고모 일상의 블랙홀 속으로 들어갔다가 나온 것이고, 그것이 시위하듯 보여주려 하는 "뭔가"는 그 블랙홀 속에서 경험한 무시무시한 것이 아닐까 합니다. 소설에 로봇 청소기가 등장한 이유가 무엇일까요? 화자의 선물은 왜 하필 로봇 청소기였을까요? (저로서는 이 사물의 절묘함이 놀랍기만 합니다.)

예소연 로봇 청소기는 집 구석구석을 스캐닝해서 경로를 인식합니다. 그리고 물건의 위치까지 파악해서 자신의 공간을 확보하죠. 그런 점에서 자신의 영역과 존재감을 어떻게든 드러내고자 하는 고모와의 유사성을 보았습니다. 또 경로를 '선택'한다는 점에서 사고의 가능성도 엿볼 수 있다고 생각했어요. 물론 고모의 로봇 청소기는 그 정도의 기능은 갖추고 있지 않았겠지만요. 말씀하신 고모의 '블랙홀'을 경험한 사람은 오롯이 그 방에 함께 있던 로봇 청소기뿐입니다. 누구도 고모가 방에서 어떤 방식으로 어떤 감정을 느끼며 괴로워하는지는 몰라요. 그저 드러나는 것만 알 뿐이죠. 고모는 왜 그렇게 티를 내며 고통스러워할까요? 저는 정말, 몹시, 너무도 고통스러워서라고 생각했어요. 그리고 로봇 청소기는 그 고통마저 스캔해버린 거죠.

이희우 로봇 청소기의 광란(?)을 묘사한 장면 이후에 고모의 임종 장면이 따라 나오며 소설이 끝나는데요. 자연스레 일상의 블랙홀에 대한 상상을 이어가보자면 마지막에 엄마와 고모가 블랙홀과 화이트홀을 잇는 웜홀 속에서 대화한 게 아닐까 생각이 듭니다. 일상의 귀로 들을 수 없는 이 대화는 합일이나 화해가 아니라 차원을 헝클어버리고 더 복잡하게 하는 것이지요. 화자는 언어적 차원을 벗어난 이 대화 때문에 "우리 가족이 가진 축축하고 퀴퀴한 기억들이 전부 엉켜버렸다고 생각"하니까요. 그런데 왜 고모는 "아버지도 나도 아닌 엄마"를 쳐다보고 엄마에게 말을 걸었을까요? 고모의 마음을 다 헤아릴 수는 없겠지만 그래도 이 말이 어떤 마음의 발로일지 궁금해집니다.

예소연 사실 이 장면은 쓰는 사람의 욕심에 가까운 장면입니다. 죽기 전에는, 그래도 화자의 엄마, 민애에게 한마디 정도는 해줄 수 있어야지 않겠느냐는 마음이었어요. 당신이 삶에서 저지른 온갖 일을 도맡아서 해결해준 이는 결국 민애였으니까요. 온 가족이 임종 직전까지 고모에게 가지고 있었던 감정은 '미움'에 가까웠습니다. 하지만 민애는 그렇지만은 않을 것 같았어요. 미움이 그 마음의 전부를 차지하면, 민애의 삶은 그 자체로 괴롭고 고통스러운 일이 되어버리는 거니까요. 민애도 살기 위해 고모를 이해하려 들지 않았을까요. 불쌍해하기도 하고, 저주하기도 하면서…… 결국 민애와 고모는 서로를 가장 잘 알고 있는 인물이라는 생각이 들었어요. 미워하면서 공유된 무언가가 분명히 존재할 거예요.

이희우 「사랑과 결함」은 눈을 번쩍 뜨이게 하는 소설이었습니다. 저는 잠잘 때를 빼면 대체로 눈을 뜨고 있긴 하지만 잘 못 볼 때가 더 많은 것 같거든요. 제 의지로 잘 뜰 수 없는, 아주 무거운 두번째 눈꺼풀이 있는 것처럼요. 이 두번째 눈꺼풀에 대한 제 감정이 화자의 "고통과 우울, 그리움"과 연관된 게 아닐까 감히 생각했습니다. 어쩌면 그것은 내가 보는 게 아니라 오히려 나를 보는 (로봇 청소기처럼) 무서운 사물에 의해 반강제로 치켜 떠져야 하는 것이 아닌가 싶기까지 합니다. 조금 거창하고 둔탁한 질문이지만, 이런 일을 소설이 할 수 있는 것일까요? 누군가는 문학에 이런 기대를 거는 것이 낡고 비현실적이라 하겠지만, 소설이 그렇게 할 수 있다면 화자가 느끼는 "고통과 우울, 그리움"에 (그것을 해소하지는 못하더라도) 죽음이나 트라우마가 아닌 방식으로 접근할 길이 있다고 믿을 수 있는 게 아닐까 싶습니다.

예소연 전적으로 동의하는 바입니다. 소설이 해답은 될 수 없지만, 문답問答의 가능성을 만들어줄 수는 있다고 생각합니다. 한 편의 엮인 글이 누군가에게 가 닿으면 그 누군가는 그 엮인 글을 통해 자기 자신에게 질문하고 답하는 거죠. 물론 질문은 스스로 하는 것이지만, 좋은 질문을 해내는 데 이야기가 좋은 역할을 한다고 믿습니다.

화자는 잠을 많이 잡니다. 머리가 이상해지는 기분을 즐기면서요. 하지만 로봇 청소기는 큰 소리를 내며 벽을 찧습니다. 눈을 크게 뜨고, 자신의 고통을 지켜봐달라는 거죠. "고통과 우울, 그리움"은 생생한 감정입니다. 그리고 그 감정은 우리 삶 어느 곳

인터뷰

에나 산재하고 있죠. 괴롭더라도 마주 보아야 한다고 생각합니다. 나와 타인의 "고통과 우울, 그리움"을요. 저도 화자가 로봇 청소기를 끌어안았듯이, 얼른 달려가서 끌어안아 줄 수 있는 사람이 되겠습니다. 그리고 그런 이야기를 쓰겠습니다.

저에 대한 질문을 받는 건 꽤 쑥스럽지만 즐거운 일입니다. 저를 알고 싶어 하는 사람이 있다는 건 좋은 일이니까요. 이렇게 공들여 질문해주셔서 감사하고, 덕분에 다시 한번 저에 대해 알 수 있는 계기가 되어서 기쁩니다.

수록 작품 발표 지면

뱀과 양배추가 있는 풍경 『문학과사회』 2022년 겨울호
오늘 할 일 『문학들』 2022년 겨울호
사랑과 결함 『현대문학』 2022년 11월호